# 勿論、慰謝料請求いたします！ 4

soy

contents

ルドニーク・
レイノ・パラシオ
しっかり者の王子殿下。
自分に媚びないユリアスに惹かれる。
マイガー
ユリアスが経営する
ブティックの店員。
父は宰相で母はマチルダ。
ユリアス・ノッガー
お金儲けが大好きな
伯爵令嬢。
損得で物事を考える
傾向があり、恋愛は不得意。
勿論、慰謝料請求いたします！
4

人物紹介
マチルダ
妖精バンシーの力を継ぐ、
予知の力を持つ小説家。
ローランド・ノッガー
ユリアスのお兄様で、
王子殿下の親友。
妹を溺愛している。
リーレン
ルドニークを加護する
氷と雪を操るドラゴン
ハイス
国王陛下を加護する
火を操るドラゴン
ラモール・キュリオン
ユリアスの元婚約者で、
ジュリーの現婚約者。
ジュリー・バナッシュ
元庶民の伯爵令嬢。
マチルダの弟子に。

イラスト／m/g

# 好きな人

私、ユリアス・ノッガーははじめての恋《こい》に戸惑《とまど》っています。

何せ今までお金儲《かねもう》けにしか興味がなかったのだ。

そんな私の側《そば》にいて支えてくれたのが殿下《でんか》だ。

そう、私の好きな人はこの国の王子である。

ルドニーク・レイノ・パラシオ殿下、それが彼の名で私の婚約者《こんやくしゃ》である。

新商品のレポートを書かせたり、外交に必要な書類を揃《そろ》えさせたり、正直言ってワガママばかりの私に愛想《あいそ》を尽《つ》かさず婚約者でいさせてくれる彼のことを、最近では愛《いと》おしいと感じているのだ。

私が愛しいと感じてしまうほど、素敵《すてき》な殿下がモテないはずもなく、彼の周りには常に素敵な女性達が集まる。

故《ゆえ》に、私の中にモヤモヤとした感情が生まれていた。

これが嫉妬《しっと》なのだと解《わか》った時、私がどれだけ殿下のことを好きなのか理解した。

私の気持ちを殿下に伝えると、殿下は浮気《うわき》なんてしないと言ってくれた。

それだけで私の気持ちは浮上《ふじょう》した。

自分がこんなにチョロい人間なんだとはじめて知った。

その後、建国記念式典があり、お兄様に殿下に会うことを制限されたりと色々あったが、どうにか日常に戻《もど》ることができた。


学園の食堂でいつものように庶民棟《しょみんとう》の皆《みな》さんと新商品の話をしながら昼食をとっていると、殿下が当然のように私の隣《となり》の席に座《すわ》った。

庶民棟の皆さんもニコニコと私達を見ている。

生温かい目で見られるのは苦手だ。

「殿下、あの、気が散るので隣で食べなくても大丈夫《だいじょうぶ》ですわ」

「俺のことは気にするな」

気にしないとか無理だ。

「ですが」

「ユリアス、お前は解ってない」

「何が解っていないのでしょうか？」

私が首を傾《かし》げると、殿下は悪戯《いたずら》っ子《こ》の笑顔《えがお》で言った。

「一分一秒でも長く好きな女の側にいたいという男心がだ」

キャーっと庶民棟の方々の黄色い声が上がるが、一番叫《さけ》びたいのは私で間違《まちが》いないと思う。

顔が熱い。

殿下は赤面する私を見て柔《やわ》らかなゆるんだ顔をする。

そんな幸せそうな顔は、人前でしないでほしい。

次の瞬間《しゅんかん》、私は殿下の顔面を両手でバチンと音がするほどの勢いで叩《たた》きつけていた。

殿下からカエルが潰《つぶ》れたような鈍《にぶ》い声がしたがそんなことは関係ない！

「恥《は》ずかしいので見ないでください」

殿下はそんな私の手首を掴《つか》む。

「痛いぞ」

「ご、ごめんなさい」

慌《あわ》てて手をどけ、殿下の顔にキズがないかを確認《かくにん》する。

そんな私を幸せそうに見つめていた殿下の後頭部に、お昼のランチを乗せたトレイの角が直撃《ちょくげき》した。

犯人はお兄様だ。

声にならない悲鳴を上げながら頭を押《お》さえる殿下。

さすがに手加減無しの攻撃《こうげき》を王子殿下にするのはどうかと思う。

「お兄様！」

「両手にトレイを持っていて見えなかった……気がする」

わざとだ！　絶対。

私は殿下の頭を抱《かか》え、優《やさ》しく撫《な》でながら言った。

「お兄様！　殿下の頭にコブができてしまいます！」

「殿下はそんなにやわではない」

「丈夫であったとしても、仮にも王子殿下に暴行してはいけません！　慰謝料《いしゃりょう》を請求《せいきゅう》されたらどうするんですか！」

「……」

お兄様を黙《だま》らせると、後ろからマイガーさんがやってきた。

「お嬢《じょう》の胸に包まれるとか、ズルイ！　お嬢、俺にもやって！」

マイガーさんの言葉に私も殿下もビクッと肩《かた》を跳《は》ねさせ、慌てて離《はな》れた。

「マイガー、勘違《かんちが》いするな！　これは不可抗力《ふかこうりょく》だ！」

殿下が詰《つ》め寄《よ》るとマイガーさんは口を尖《とが》らせた。

「不可抗力～？」

明らかに信じていないマイガーさんに殿下は必死に説明を続ける。

「殿下もだが、マイガーも殺す」

無駄《むだ》に殺気立つお兄様に早く気づいた方がいいのではないだろうか。

私はギャーギャー言い合いをする三人を無視して庶民棟の皆さんに視線をうつした。

「煩《うるさ》くしてごめんなさい」

私が謝罪をすれば、皆さんいい笑顔で首を横に振《ふ》った。

庶民棟の中でも仲のいいルナールさんが瞳《ひとみ》を輝《かがや》かせて言う。

「むしろノッガー様の可愛《かわい》らしいお顔が見られて幸せです」

さらにこれまた仲良しのグリンティアさんがフーと息を吐《は》く。

「王子殿下とノッガー様のイチャイチャしているところを見られるなんて、ラッキーだわ」
イ、イチャイチャ？
イチャイチャなんてしたつもりはないけど、言われてみればそうかもしれない。

あまりの恥ずかしさに顔に熱が集まる。

「「ノッガー様、可愛い〜」」

二人にからかわれる日が来るとは微塵《みじん》も思っていなかった。

「ユリアス、こいつらをどうにかしてくれ！」

そこに殿下が助けを求めてきたが、私はそれどころではなかった。

「ユリアス？　どうした、顔が赤いぞ？」

今、近寄ってくるのはやめてほしい。

そんな私達を微笑《ほほえ》ましげに見つめる庶民棟の皆さんを前にすればさらに顔が熱くなる。

「ユリアス大丈夫か？　保健室に行くか？」

「こ、これ以上近寄らないでくださいませ」

私の主張に首を傾げると心配そうに近づいてくる殿下。

「え、営業妨害《ぼうがい》です」

「妨害じゃなくて心配してるんだろ？」

ムッとしたような顔の殿下をよそに、私はいたたまれなくなった。

「これ以上近寄るなら、慰謝料請求いたします！」

「慰謝料請求でもなんでもしろ！　保健室に行くぞ！」

挙動不審《ふしん》の私を心配した殿下にお姫様抱《ひめだ》っこで保健室に運ばれたのは言うまでもない。

安心する人　マイガー目線

俺の大事なお嬢《じょう》が最近本当に幸せそうだ。

理由は一つ、俺の弟分でお嬢の婚約者《こんやくしゃ》のルドとの仲が順調だからだ。

隣国《りんごく》に二人で行ってからとっても仲がいい。

もっとショックを受けるかと思っていたが、なかなかそうでもなさそうで、むしろお嬢はさらに可愛《かわい》くなったし、ルドは面白《おもしろ》くなった気がする。

そんな二人を見ると俺まで幸せな気分になってしまう。

今でもお嬢が一番大事だし、ルドも同じぐらい大事なのだ。

「そうかい。お嬢さんはマー坊《ぼう》を選ばなかったのかい」

「仕方ないよ。相手は俺の弟分だもん」

今、話を聞いてくれているのは養護施設《ようごしせつ》に薬をおろしている婆《ばあ》ちゃん。

推定年齢《ねんれい》八十を超《こ》えていると思う。

白い髪《かみ》にシワシワの顔。

身長も低く腰《こし》が曲がり、子ども達から魔女《まじょ》と呼ばれ……って、一番最初に言ったのは俺か？

養護施設に勉強を教えに行くようになって知り合い、それからは俺の相談役のような人だ。

「お嬢さんは見る目がないね～」

「ううん。見る目あるよ。俺が女だったら、あいつを好きになってたと思うし。むしろ、あいつ以外を選ぶんだったら俺が幸せにするって思ってた。けど、あいつなら納得《なっとく》。俺なんかよりお嬢を幸せにしてくれるって確信してる」

婆ちゃんは俺の頭を優《やさ》しく撫《な》でた。

「マー坊はいい男だよ。自信持ちな！　ほれ、甘《あま》いもんでも食べてさ」

そう言って婆ちゃんは何処《どこ》から出したのか、山のようなお菓子《かし》を俺に手渡《てわた》した。

「こんなたくさん食べられないよ」

「マー坊は甘い物好きだろ？　余ったらチビ達にでも分けたげな」

「婆ちゃんがあと二十歳《さい》若かったら口説くのにな」

俺の言葉に婆ちゃんは少し照れたような顔をしていた。

「生意気に、ガキンチョがふざけるんじゃないよ！」

照《て》れ隠《かく》しなのか俺に向かって飴《あめ》を投げつけるのはやめてほしい。

でも、婆ちゃんのお陰《かげ》で元気が出た。

俺は大好きな人達がいつまでも仲良くしていられるように頑張《がんば》ればいい。

「婆ちゃん、また話聞いてよ」

「フン。私は暇《ひま》じゃないんだよ」

「忙《いそが》しいなら手伝うよ？」

「……そこまで忙しかないよ」

こういう素直《すなお》なのか、そうじゃないのか解《わか》らない可愛い反応をする婆ちゃんに俺は癒《いや》されているし、安心するのだ。

その後、お菓子を抱《かか》えているのが子ども達に見つかって、手元にはさっき投げつけられた飴だけが残った。

婆ちゃんの作るお菓子は全部好きだから、俺のショックはでかかったけど、そんな子ども達を愛おしげに見つめる婆ちゃんが幸せそうだったから、まぁいっかと飴を口に放《ほう》り込《こ》んだ。

「婆ちゃん、今度はちゃんと俺だけのためにお菓子作ってきてよ！」

婆ちゃんはフンと鼻で笑って見せるだけだった。

それでも、きっと次来る時は孫の喜ぶ顔が見たい祖父母のようにまたお菓子をたくさん抱えてやってきてくれるに違《ちが》いない。

# デートはトラブルとともに

その日学園は休みで、とてもいい天気だった。

こんな日は港に行き、新しい行商人を見つけて契約《けいやく》を結ぶのがいつもの休日の過ごし方だ。

なのに、今朝早くに殿下《でんか》から先触《さきぶ》れが来て急遽《きゆうきよ》会うことが決まったのだった。

今までなら迷惑極《めいわくきわ》まりない誘《さそ》いである。

それなのに、最近では少なからず嬉《うれ》しいと思ってしまっている。

先触れが来てから慌《あわ》てて出かける準備を始めた私を、家で働く使用人達が生温かい目で見てくるのも恥《は》ずかしい。

それでも殿下によく思われたくてお洒落《しやれ》してしまう私は、すでに末期の恋《こい》の病にかかっているのだろう。

お出かけ用のブルーのワンピースに黒のカーディガン。

濃紺《のうこん》の革靴《かわぐつ》に髪《かみ》もまとめて一本の編《あ》み込《こ》みにした。

「ユリアス、気合いが入っているな」

私が鏡の前でチェックをしていると、お兄様がやってきた。

「何処《どこ》か変なところはないでしょうか？」

「いつも以上に可愛《かわい》い。殿下に見せるのはもったいないから殿下には城に帰ってもらおう」

「もう。お兄様ったら」

お兄様の口ぶりからして殿下はすでに到着《とうちゃく》しているようだ。

「お兄様は私を呼びに来たのでは？」

お兄様はフンッと鼻を鳴らした。

「殿下なんか待たせておけばいい」

「そうもいきませんわ。相手は王族です」

お兄様は嫌《いや》そうな顔をしながら私をエスコートしてくれた。

家のエントランスにつくと、濃《こ》い灰色のスラックスにシンプルなボーダーシャツ。

薄《うす》灰色のジャケットを羽織った殿下が待っていた。

なんでも着こなしてしまう殿下は、ズルイと思う。

殿下もようやくやってきた私に気づき、口を開いたが言葉は出てこず、呆然《ぼうぜん》と私を見つめた。

「何処か変でしょうか？」

思わず聞けば、殿下は両手で顔を覆《おお》ってしまった。

服か？　髪型《かみがた》か？　不安になる私をよそに、殿下が小さく呟《つぶや》いた。

「ユリアスが俺と出かけるのにお洒落してくるなんて罠《わな》か？　どんな魂胆《こんたん》があるか解《わか》ったもんじゃない……安易に喜んではダメだ」

それは、似合っていると捉《とら》えてよいのだろうか？

「殿下？」

「なんだ？」

顔を押《お》さえたままの殿下に私は確信を持ちたくて、おずおずと聞いた。

「似合ってますでしょうか？」

殿下はゆっくりと顔から手を外すと言った。

「こっちの心臓が止まるかと思うほど似合ってる」

それは、褒《ほ》めていると捉えてよいのだろうか？

いや、褒めているに違《ちが》いない。

「よかった」

思わず口元がゆるむ。

「めっ……かわ」

殿下から変な声が聞こえて驚《おどろ》いてしまった。

「殿下、大丈夫《だいじょうぶ》ですか？」

私が慌てて聞けば、殿下は少し赤くなった顔で大丈夫だと言った。

そんな殿下の胸《むな》ぐらを流れるような動きで摑《つか》んだお兄様が、素晴《すば》らしい笑顔《えがお》で言った。

「婚約者《こんやくしや》とはいえ、まだ貴方《あなた》のものではないのでくれぐれも不埒《ふらち》な真似《まね》はなさらぬように。門限は三時です」

「門限があるのをはじめて聞いたぞ？　しかも三時って、いつもそれ以降も出歩いてるだろ？」

「門限を守ってくださると、僕は殿下を信用していますよ」

「話を聞け」

お兄様と殿下が睨《にら》み合《あ》う。

「お兄様だってマニカ様とデートする時に、門限は三時だと言われたら悲しくありませんか？」

グッと息を呑《の》むお兄様に勝《か》ち誇《ほこ》った顔の殿下。

「それに、もし万が一素敵《すてき》な商品を見つけて契約を結びたくなってしまったらと思うと、門限三時は事実上不可能では？　いくら私が交渉《こうしよう》力にたけていると言っても、それは難しいかと」

私がお兄様を説得する中、殿下が何故《なぜ》か恨《うら》めしそうな視線を向けてきた。

「何か？」

「君はデートの意味が解っているのか？」

「私の今日の予定は港周辺の商品チェックからの買いつけと契約でしたの。殿下のお誘いはつい先ほど決まったイレギュラー。では、私が心惹《ひ》かれる商品と巡《めぐ》り合《あ》ってしまった場合どうなるかは……お解りいただけますでしょ？」

殿下は深いため息をついた。

「君は本当にブレないな」

こうして、私と殿下のデートが始まった。


まず最初に、街中を見て歩いた。

いわゆるウインドーショッピングというやつだ。

私が売れそうだと思う商品を殿下が差し出してきた。

「これなんてユリアスが好きそうだと思うが」

「……」

「違ったか？」

「違くありませんが……もしや、私の好みを全て把握《はあく》しているのですか？」

殿下はニコッと笑った。

「君は予想外のことに興味を持つからな、全てとは言いきれないが大抵《たいてい》の好みは解ってい
ると思うぞ」

普通《ふつう》に親しいだけの人から言われたら気持ち悪い発言だと思ってしまったのは秘密だ。

それに、殿下に言われるのでは違う。

少なからず、いや、かなり嬉しいと思ってしまった。

流石《さすが》にゆるみそうになる口元は引《ひ》き締《し》めたが、殿下は不満そうな顔だ。

「そんな嫌そうな顔するな」

「嫌なわけでは……私は殿下の好みをあまり知らないので」

何を言っても、言い訳である。

そんな私を見ていた殿下は、天を仰《あお》ぎ右手で目を覆った。

呆《あき》れられてしまったようだ。

落ち込む私をチラッと見た殿下は慌てて私の手を握《にぎ》った。

「これから知っていけばいいだろ！」

「……教えてくださいますか？」

私が首を傾《かし》げると殿下はまた天を仰いだ。

やはり、自分で殿下の好みを把握しなくては婚約者失格だろうか？

「ユリアス、それはわざとか？」

「それ、とは？」

殿下はしばらく黙《だま》ると言った。

「今日の君は可愛すぎるんだが、何か……罠ではないか？」

「何故罠？」

「何か買ってほしいとか、契約書を書いてほしいだとか。君が何も企《たくら》まずに俺に可愛い顔を見せるなんて今までなかっただろ？」

なんとも失礼な話である。

私の純粋《じゅんすい》な好意を疑ってかかっている。

……私の日頃《ひごろ》の行いを考えれば当然だ。

「殿下」

「なんだ？」

「殿下にお願いがあるのですが」

「やっぱりな」

納得《なっとく》したような顔で頷《うなず》く殿下に私は笑顔を向けた。

「今日はデートなのですから、このまま手を繋《つな》いでいてくださいませんか？」

殿下はヒュッと息を呑んだ。

「お嫌ですか？」

殿下は無言で私の手を引き、歩き出した。

「嫌でしたでしょうか？」

返事がないのでもう一度聞けば、殿下は私に顔を向けずに小さく呟いた。

「嫌なわけないだろう。今日の君は可愛いがすぎるんじゃないか？　もう罠でもかまわない」

後ろから見える殿下の耳が赤いことに今更《いまさら》気がついた。

これは本当に可愛いと思ってくれているってことでは？

「殿下も可愛いですわ」

思わず口をついた言葉に殿下は心底嫌そうに言った。

「それは嬉しくないからな」

その言葉に私はクスクス笑ってしまった。


お昼は屋台で買ったホットサンドを公園のベンチで食べることにした。

「令嬢《れいじょう》は屋台でご飯を買わないと思っていた」

「王子殿下は屋台でご飯を買わないと思ってましたわ」

そう言いながらホットサンドにかじりつくと、殿下の小さな笑い声が聞こえた。

なんと穏《おだ》やかな時間だろう。

まったりとした空気にとても癒《いや》される。

「美味《おい》しですわね……？」

私が殿下に視線をうつすと、殿下は遠くを見つめてボーッとしていた。

「殿下？」

声をかけると殿下は勢いよく立ち上がった。

何事かと思った瞬間《しゆんかん》、こちらに向かってくる女性に気づいた。

透《す》き通《とお》るような白い肌《はだ》に水色の長い髪と同じ色の瞳《ひとみ》のおっとりとした美しい女性だ。

その女性が目の前まで来ると、殿下は躊躇《ためら》いもなく片膝《かたひざ》をつき騎士《きし》のように頭を下げる。

殿下が頭を下げるほどの人物なのだと解って私も淑女《しゆくじよ》の礼をした。

「あらあらまあまあ！　私の可愛いルーちゃんじゃないの～ちょっと見ないうちに大きくなって」

「ご無沙汰《ぶさた》申し上げております。リーレン様」

形式ばった挨拶《あいさつ》に余程《よほど》の位がある方なのだと解る。

そして、気づけば私の真横に赤い短髪《たんぱつ》に吸《す》い込《こ》まれそうなほど黒い瞳のガッシリとした印象の男性が立ち、私の顔を覗《のぞ》き込《こ》んでいた。

声にならない悲鳴を私は呑み込んだ。

「ハイスったらマジマジと見すぎよ」

ハイスと呼ばれた男性は真顔で私を見つめ続けている。

「これは、金の卵を産むニワトリと同じ匂《にお》いがする」

そう言った瞬間、彼の黒い瞳が金色に変わった。

私は思わず彼の頬《ほお》を両手で挟《はさ》むと、逆に彼の珍《めずら》しい瞳を見つめた。

明らかに彼は動揺《どうよう》して目が泳いでいる。

「ユリアス、何をしている！」

膝をついたままだった殿下が慌てて立ち上がり、怒鳴《どな》るが知ったことではない。

「なんて不思議な瞳でしょうか。どんな宝石とも比べ物にならない素晴らしい瞳ですわ」

殿下に止められ、渋々《しぶしぶ》ハイス様から手を離《はな》した。

「ハイスがオロオロするところをはじめて見たわ～」

「し、仕方ないだろ。あんな脆《もろ》い生き物がまさか捕食者《ほしよくしや》の目で見てくるなんて！　動揺もする」

捕食者の目で見てなんていないと主張したかったが、リーレン様が楽しそうに笑い出したせいでタイミングを逃《のが》した。

「ルーちゃん、その子はお友達？」

その言葉に思わず緊張《きんちよう》してしまう。

殿下はこの美しい人に私を婚約者だと紹介《しょうかい》してくれるのだろうか。

そんな不安を私が感じているとも知らずに、殿下は口を開いた。

「いいえ。彼女は自分の妻となる女性です」

いや、妻は言いすぎでは？

ギョッとする私をよそに殿下は私の肩《かた》を抱《だ》き寄せた。

「あらあらまあ！　私の可愛いルーちゃんが番《つがい》を連れているなんて」

優雅《ゆうが》な動きでリーレン様が私達に近づき私の顔を見ながら言った。

「貴女《あなた》は本当に、ルーちゃんを愛して添《そ》いとげる覚悟《かくご》があるのかしら？　私、ルーちゃんが悲しむことになったらこの辺一帯氷漬《づ》けにしちゃうと思うの」

そう言ったリーレン様の瞳もアイスブルーから金色に変わった。

そこでようやく私はリーレン様達が人ではないことに気づいた。

「殿下を悲しませるつもりはありません。ただ、困らせたりイライラさせたりハラハラさせたり呆れさせたりはすると思いますが」

「自粛《じしゅく》しろ」

殿下にすかさずツッコミを入れられてしまった。

「フフフ。それって退屈《たいくつ》しなくて楽しそうね」

リーレン様の瞳がまたアイスブルーに戻《もど》るのと同時に殿下が呆れたように言う。

「自分も退屈しない自信があります」

「素敵じゃない。もう！　そんな疲《つか》れた顔しないの！　ほら、飴《あめ》ちゃん食べる？」

そう言うと、リーレン様はショルダーバッグから小さな瓶《びん》詰めの飴を取り出した。

キラキラと黄金に輝《かがや》く飴だ。

「お二人の瞳のように美しい飴ですね」

思わず口から漏《も》れた。

リーレン様とハイス様は目をパチパチと瞬《まばた》くと柔《やわ》らかく笑顔を作った。

「お名前を聞いてもいいかしら？」

リーレン様に言われ、まだ名乗っていなかったと知る。

「申し訳ございません。ノッガー伯爵家《はくしやくけ》長女のユリアスと申します」

「ユリちゃんね！　ユリちゃんにも飴ちゃんあげる」

リーレン様は瓶から素手《すで》で飴を取り出すと私に差し出した。

私は躊躇《ちゆうちよ》することなく、その飴を口に入れた。

普通の貴族なら素手で差し出された食べ物を直接口にするのは品がなく嫌がるだろう。

「嫌じゃない？」

「とても美味しいですわ。蜂蜜《はちみつ》をまるまる固めたような懐《なつ》かしい味がします」

私が感想を言うとリーレン様とハイス様は驚いた顔をした。

「ユリちゃんは本当に貴族？」

「リーレン様、ユリアスは普通の令嬢とは異なるかと」

「殿下、失礼では？」

「黙ってろ」

リーレン様はもう一つ飴を取り出すと今度は殿下の口に無理やりねじ込んだ。

アーンとは言えない無理やり感がすごい。

「ルーちゃんこそ黙ってて」

そんなリーレン様を落ち着かせるようにハイス様がリーレン様の腰《こし》を抱き寄せた。

「この娘《むすめ》が普通じゃないのは直《す》ぐに気づいていただろ」

「まあ、目の色が変わった時点で普通は失神するわね。ほら、ルーちゃんのママとか」

あんなに綺麗《きれい》な瞳なのに？

私が首を傾げているとリーレン様は慈愛《じあい》に満ちた顔をした。

「人じゃないものに慣れてるのかしら？」

「ドラゴン様は、はじめましてですわ」

王族が頭を下げる、人ではないものといえば、王の血をひく者に加護を与《あた》えると伝えられているドラゴンだろう。

リーレン様もハイス様も驚いている。

「殿下の態度で解ります」

「とっても頭のいい子なのね。素晴らしいわ！　そう、私がルーちゃんに加護を与え、ハイスがルーちゃんのパパに加護を与えたドラゴンよ。それにしても、この子は宝物かもしれないわね。家に連れて帰って宝物庫にしまってしまいたくなるわ」

「金の卵を産むニワトリと同じように、だな」

リーレン様とハイス様はニコニコと笑うが、殿下の顔色は悪い。

「残念ですが、彼女は自分の宝ですから」

「あらあらまあまあ。反抗期《はんこう》？」

殿下はリーレン様を真剣《しんけん》に見つめた。

「ユリアスを手放す気はありません」

殿下の真剣さにただごとではないのだと解る。

「お二人に質問ですが、その金の卵を産むニワトリは宝物庫にしまわれて長く生きていられるのでしょうか？」

突然《とつぜん》の私の問いに二人が顔を見合わせた。

「あれは直ぐに死ぬ生き物だ」

ハイス様の返答に私は笑顔を向けた。

「では、私も宝物庫にしまわれたなら直ぐに死んでしまうと思いますわ」

自信満々の私に、二人が同じように首を傾げた。

「生き物は自由に生きるからこそ宝を生み出すのです。私はお金儲《かねもう》けが生き甲斐《いがい》ですから、しまわれてしまうと生き甲斐をなくし直ぐに死ぬ自信があります」

二人がキョトンしている中、私は拳《こぶし》を握った。

「ですので、次にその金の卵を産むニワトリが手に入りましたら私にお預けくださいませんか？　私なら必ずや数を増やし長生きさせ、金の卵をこれでもかと手に入れられるシステムを作り上げてみせますわ！」

「ユリアス、欲望が漏れ出しているぞ」

殿下の呆れた声が響《ひび》いたが、聞こえなかったことにした。

「ユリちゃんを私達の宝物庫に連れていくのは諦《あきら》めることにするわ」

リーレン様はフーっと息をついた。

「宝物庫を見学だけならしてみたいですわ」

「ユリアス、ドラゴンの宝を奪《うば》うと国が滅《ほろ》びるぞ」

「人聞きの悪いことを言わないでください。もしかすると金の卵を産むニワトリのように増やせる資源があるかもしれませんわ！　私は奪いたいのではなく増やしたいのです！」

「他人《ひと》の財産まで増やしたいのか？」

「他人のではありません、ドラゴン様のですわ。それに、王族に加護を与えてくださっているドラゴン様です。それは殿下のもう一人のお母様のような存在で、私はそこに嫁《とつ》いでいく嫁《よめ》です。ということはドラゴン様の資産は私の家族の資産ということになります。増やしてなんの問題があるのでしょうか？」

正論を振《ふ》りかざしてみれば、殿下は頭を抱《かか》えリーレン様とハイス様は声を上げて笑った。

失礼ではないだろうか？

「ユリちゃん貴女いい子ね。気に入っちゃったわ！　そうだ、私達これから娘のところに行こうと思っていたの。一緒《いっしょ》に来る？　あの子、まだ卵も産んだことのない子どもだけど自分の宝物庫を作っているはずだから、見せてもらえるように頼《たの》んであげるわ」

ドラゴンの宝を見せてもらえるなんてこと、この先あるとは思えない。

「家族みずいらずのところに、ご迷惑ではありませんか？」

私は失礼にならないように聞いた。

「迷惑ではないわ！　それに私達はもう家族でしょ！」

リーレン様は可愛らしく口を尖《とが》らせた。

「違う？」

「違いません。では、お言葉に甘《あま》えて」

私はリーレン様と強く手を握り合い期待に胸を躍《おど》らせ、その後ろで殿下がデートの終わりを確信して項垂《うなだ》れているなんて、私は知る由もなかったのだった。

装備は早めに揃えましょう

立ち話もなんなので、私達はノッガー家が支援《しえん》しているカフェでお茶をすることになった。

そこで聞いた話によると、リーレン様の娘《むすめ》さんの住んでいる場所は大体は解《わか》るものの、ここという確信はないのだそうだ。

「それなら私も捜《さが》すのを手伝いますわ！」

「本当！　嬉《うれ》しいわ～」

リーレン様はすごく喜んでくれたが、殿下《でんか》が不満そうにこちらを見ている。

「殿下？」

「ユリちゃんを私に取られて拗《す》ねちゃってるのよ」

リーレン様がクスクス笑う。

それは、嫉妬《しっと》というやつだろうか？

それなら少し嬉しい。

「もう、そんな顔しないの！　ユリちゃんの代わりにハイスを貸してあげるから！」

リーレン様の真後ろに常に寄《よ》り添《そ》うハイス様も殿下と似たような顔をしている。

「リーレン、そういうことじゃないと思うぞ」

ハイス様の言葉にリーレン様は頬《ほお》をプクーっと膨《ふく》らませた。

可愛《かわい》らしい姿を微笑《ほほえ》ましく思う。

話を戻《もど》して、リーレン様達の娘さんが住んでいるのは、このパラシオ国とラオファン国の国境にある鉱山だという。

その地域はラオファン国から友好の証《あかし》としてパラシオ国に贈《おく》られたもので、森ばかりで未開拓《みかいたく》の場所。

私も鉱山だということを知らなかった場所である。

「廃坑《はいこう》のさらに奥《おく》に巣を作ったって連絡《れんらく》が来てから連絡が取れなくなってしまったの」

「廃坑ですか」

そんなところに廃坑があるなんて思いもしなかった。

自分の国の利益になる場所は全て把握《はあく》していると思っていた私にとっては寝耳《ねみみ》に水の話だ。

「ユリアス、大丈夫《だいじょうぶ》か？　顔色があまり良くないぞ」

殿下が心配そうに私の顔を覗《のぞ》き込《こ》む。

「鉱山なんて宝の山に、私は今まで気づかずにいたなんて……悔《くや》しすぎる」

「心配して損をした気分だ」

殿下の呆《あき》れ声を無視して私はリーレン様に笑顔《えがお》を向けた。

「リーレン様はその鉱山が何故《なぜ》廃坑になったのかご存じですか？」

「おそらく娘のせいね。あの子、人間嫌《ぎら》いで鉱山で働いていた鉱山夫達を脅《おびや》かしたの。そのせいで凶暴《きょうぼう》なドラゴンの出る山だって話になって廃坑になったみたい。その廃坑はあの子にとって住みやすい場所だったみたいなんだけど、ラオファン国からしたら厄介《やっかい》な土地になっちゃったわけ。そこで、ドラゴンの加護のあるパラシオ国ならドラゴンの出る場所も喜ぶだろうと、ラオファン国に体よく押しつけられたみたい。一帯の土地と一緒《いっしょ》に友好の証と言ってね。フフフ娘の通り名は人食いドラゴンなのよ！　笑っちゃうでしょ！」

全然笑えない話を聞いた気がするのは私だけだろうか？

見れば殿下の顔色も悪くなっているから、笑えない話で間違《まち》いないだろう。

「心配しなくてもユリちゃんは私達が守るわ」

なんとも心強い言葉だが……。

「あの、殿下は守っていただけないのでしょうか？」

「ルーちゃんは私の加護があるし、娘に攻撃《こうげき》されても死にはしないでしょ？」

攻撃されたら私は直《す》ぐに死んでしまうってことなのだと理解した。

「自分は大丈夫なので、ユリアスだけは必ず無傷で守ってください。お願いします」

真剣《しんけん》にドラゴン二人に頭を下げる殿下に愛《いと》しさがつのる。

「無傷で守れとは、ルドニークも愛のなんたるかを理解したのだな」

ハイス様が優《やさ》しく笑顔で頷《うなず》いている中、殿下は眉間《みけん》にシワを寄せて拳《こぶし》を握《にぎ》って力説した。

「守る守ると言っておいて、傷一つでもつければ莫大《ばくだい》な慰謝料《いしゃりょう》を請求《せいきゅう》されるのは目に見えています。ユリアスがタダで死ぬとは思えませんが、生死の問題よりも慰謝料の方が恐《おそ》ろしい。なので、必ず守ってほしいのです！」

殿下のあんまりな言葉に思わず小さな舌打ちをしてしまったが許してほしい。

「ルーちゃん、流石《さすが》にユリちゃんに失礼よ」

なんとも言いづらそうにリーレン様に注意されていたが、殿下はむしろリーレン様に言い聞かせるように両肩《りょうかた》を掴《つか》んで力説した。

「ユリアスはか弱いだけの人の子とは違うのです。味方にすればこれほど心強い人間を他に知りませんが、敵にまわしたらこれ以上に怖《こわ》い生き物はいないのです！」

あまりにも言いすぎじゃないだろうか？

「ルドニーク、その娘に嫌《きら》われてもおかしくない状況《じょうきょう》だと理解しろ」

肩を掴まれグラグラと揺《ゆ》さぶられてフラフラのリーレン様を慌《あわ》てて殿下から奪《うば》い取《と》ったハイス様は殿下を叱《しか》りつけた。

「すみません。取り乱しました」

「謝《あやま》るならその娘に謝れ。お前の番《つがい》だろう」

ハイス様の言葉に殿下がこちらを見たが、日頃《ひごろ》の行いからしても言われて仕方がないのは明白である。

「大丈夫ですわ。私がことあるごとに慰謝料を請求すると言ってきたのがいけないのです」

「自覚があったことに驚《おどろ》きだ」

舌打ちしたい気持ちを我慢《がまん》した自分を褒《ほ》めてあげたい。

「殿下に一つお聞きしたいのですが、殿下は私が五体満足でなければお嫁《よめ》にもらってくださらないおつもりですか？」

少し嫌味《いやみ》がましく聞いてしまったのは許してほしい。

「怪我《けが》したぐらいで君を諦《あきら》めるつもりは微塵《みじん》もない。だから、わざと怪我などして今更《いまさら》俺との婚約《こんやく》は嫌だとか言うなよ！　愛する女をみすみす逃がしてやる気はないからな」

当然だと言わんばかりの殿下に不覚にも胸がキュンとしてしまった。

「と、とにかく、娘さんのところに行くのが先決です。準備いたしますので数日お時間をいただけませんか？」

こうして私は二日の猶予《ゆうよ》をもらい準備を始めることになった。

目的地は深い森の奥にある鉱山だ。

学園はしばらく休学して行くことになる。

人数は最小限に。

ドラゴン二人と私と殿下は決まりである。

私の護衛のルチャルさんとバリガさんにはお願いだから連れていってくれと土下座された。

殿下と一緒の時は基本席を外してくれる二人だが流石に今回は危ないと思ったらしい。

実際森は深いし、通り名とはいえ人食いドラゴンのいる鉱山に護衛なしに行くわけもないのだが、置いていかれると思ったのか二人とも綺麗《きれい》な土下座をしたのだった。

後はマイガーさんが来ることが決まった。

理由はその土地が宰相《さいしょう》閣下の領地で、閣下の息子《むすこ》であるマイガーさんはその森で遊んだことがあり、案内ができるからだ。

「それに、面白《おもしろ》そうじゃん」

そう言って笑うマイガーさんを見て、護衛の二人が信じられない者を見るような目で見つめていたことを私は見なかったことにした。

服は山登り用にズボンを穿《は》くことになった。

はじめての格好にワクワクする。

靴《くつ》も編み上げの頑丈《がんじょう》なブーツにしたし、荷物も軽くて持ち運びが便利なものを用意した。

準備万端《ばんたん》だと思っていた私にマイガーさんが言う。

「誰《だれ》か怪我したとか病気になったとかなると困るから、婆《ばあ》ちゃんに頼《たの》んで薬を用意していくといいね」

マイガーさんの言う婆ちゃんとは養護施設《しせつ》に来る薬売りのお婆さんのことだ。

彼女の持ってくる薬はどれも品質が高い。

大量購入《こうにゅう》したいと交渉《こうしょう》したことがあるが、お婆さんが個人で作っているから量産はできないと断られた経験がある。

何より彼女の作るお菓子《かし》が美味《おい》しすぎて、小さい頃は彼女が薬を売りにくるのが待ち遠しくて仕方がなかったものである。

それはマイガーさんも一緒で彼女が薬を売りにくると婆ちゃん婆ちゃんとたくさん話しかけて懐《なつ》いていた。

いいや、むしろ今も懐いている。

そんな彼女の薬があれば安心してドラゴン捜しに行けそうな気がした。

お守りの安心感よりも実用的な薬の方が安心できる。

私はすぐにマイガーさんと連れ立って町外れに住むお婆さんの家に向かった。

お婆さんの家は小さな一軒家《いっけんや》で庭には雑草のようにハーブが植えられており、入り口のドアの横にある小さな窓からも薬を買うことができた。

あまり利用はされていないが、頼めば医者のように診察《しんさつ》もしてくれるのだという。

年齢《ねんれい》を確認《かくにん》したことはないが、私が小さな頃からお年を召《め》していたから、相当高齢《こうれい》であると推測された。

長生きしてほしいと願わずにはいられない人である。

「婆ちゃんいる？」

マイガーさんは躊躇《ためら》うことなくお婆さんの家のドアを開けて中に入っていった。

「勝手に入ってくるんじゃないよ！　ビックリして心臓が止まるかと思っただろ！」

お婆さんの元気そうな声に安心して、私もマイガーさんの後を追った。

「おやおや、今日はお嬢《じょう》さんも一緒かい」

ニヤリとシワのある顔に笑《え》みを浮《う》かべると、こっちにおいでと言って彼女は私達を奥に案内してくれた。

「今日はいったいどんな用なんだい？」

お婆さんは私達にハーブティーを淹《い》れながらたずねた。

「今度ドラゴンに会いに行く旅に出るんだ。だから婆ちゃんの薬を持っていきたいってお嬢に頼んだ」

「ドラゴン？　そりゃ大変だ！　ドラゴンなんてこの辺にいたかね？」

お婆さんは部屋に飾《かざ》ってある近隣《きんりん》諸国の地図を見た。

「この森の奥にあるここら辺の山にいるんだって」

マイガーさんは地図に近づき指をさしてこの辺だと教えた。

「ドラゴンとは穏《おだ》やかじゃないねぇ……仕方ない、常備薬を見繕《みつくろ》ってあげるから待ってな」

私達の前にお菓子の入った籠《かご》を置くと、お婆さんは奥に行ってしまった。

その籠の中からクッキーを手に取り口に運ぶとサクサクとした食感とハーブのいい香りが口に広がり幸せな気持ちになる。

「美味しい」

私が思わず呟《つぶや》けば、マイガーさんは嬉しそうに頷いた。

「本当、婆ちゃんのお菓子は何食べても美味《うま》いよね！」

「流石の私も独《ひと》り占《じ》めしたいとうっかり思ってしまうぐらい、お婆さんのお菓子はいつも美味しいですわ」

私がしみじみ言うと、マイガーさんはお菓子の箱の入った籠を抱《かか》えてしまった。

「それはダメ！　婆ちゃんのお菓子は俺のです～」

小さな子どものように籠を抱えているマイガーさんの背後からお婆さんが現れ、パシリとマイガーさんの頭を叩《たた》いた。

「何やってるんだい！　お嬢さんにもちゃんと分けてあげな！」

お婆さんに頭を叩かれて、ドMのマイガーさんは嬉しそうだったがお婆さんは気づいていないようだった。

「すまないね～お嬢さんもたんとおあがり」

「ありがとうございますわ」

お婆さんは笑顔で私の頭を乱暴に撫《な》でてから、持ってきた薬をテーブルの上に載せて一つ一つ丁寧《ていねい》に説明をしてくれた。

「薬は万能《ばんのう》じゃない。それに限りがあるんだ……無理だけはするんじゃないよ！」

本当に見た目と違って優しい人である。

「それにしても、その辺りにドラゴンがいるとはね。そう言えば人間嫌いのドラゴンが住んでるって聞いたことがあるよ」

「ご存じなのですか？」

お婆さんは苦笑いを浮かべた。

「亀《かめ》の甲《こう》より年の功といってね、年寄りは物知りだって相場は決まっているんだよ」

「どんなドラゴン様なのか聞いてもよろしいですか？」

お婆さんは自分の顎《あご》を数回撫でてから言った。

「確か緑の力を操《あやつ》るドラゴンだって聞いたね。植物を動かして生き物を捕《つか》まえたり、森の木を動かして迷子にさせたりするんだろ？」

緑の力を操るなどのはじめて聴《き》く情報に興味津々《しんしん》の私とマイガーさんを見てお婆さんはアハハハっと笑った。

「マー坊《ぼう》もお嬢さんもいくつになっても変わらないね～そんなにババァの話が面白いかい？」

「お婆さんのお話はいつだって面白いですわ」

「俺も婆ちゃんの話好き！」

「……ありがとうよ。でも、本当に気をつけるんだよ！　ドラゴンの宝を奪《うば》うと国が滅《ほろ》ぶって言われているからね」

別に見せてもらうことはあっても盗《と》ろうとまでは考えてはいないから大丈夫なはずだが、一応頷いておいた。

「何か持って帰れたらいいねぇ」

お婆さんは小さく呟いた。

それは、無事に帰ってこられるといいと言われているようで、かなり不安になる言葉だったが、お婆さんは同行するメンバーに、ドラゴンが二人もいることを知らないから仕方がないと理解した。

こうして私達は薬を手に入れたのだった。

# 森は魔獣でいっぱいです

出発の朝、天気は快晴。

山歩きにはもってこいの日である。

リーレン様は朝からハイス様の腕《うで》にしがみつきながら楽しそうに現れた。

私と殿下《でんか》はゆっくりと頭を下げる。

「ユリちゃん、ルーちゃんおはよう！　あらあらまあ！　マー君じゃない！　久しぶりね！」

「リーレン様、ご無沙汰《ぶさた》申し上げております。変わらずお美しい貴女様《あなたさま》にお会いできたことを大変嬉しく存じます」

マイガーさんが型通りの挨拶《あいさつ》をするとリーレン様は口を尖《とが》らせた。

「マー君ったら他人行儀《たにんぎょうぎ》すぎ！　昔はもっとフランクに話してくれたじゃない！　近寄ってくんな、妖怪《ようかい》ババァって言われた時はその勇気に感動したのよ」

マイガーさんはニコニコ笑顔《えがお》を崩《くず》さない。

「リーレン、あれはマイガーを高い高いして空まで吹《ふ》っ飛《と》ばしたから怒《おこ》られただけだ」

「同じようにルーちゃんにした時は楽しそうだったわ」

「あの後、しばらく弟に触《さわ》るなって抱《だ》っこすらさせてもらえなかっただろ」

ハイス様の言葉にリーレン様は頬《ほお》を膨《ふく》らませてムッとしていた。

「すまないなマイガー」

「ハイス様が謝《あやま》られることではございません！　当時からたくさん助けていただきましたから」

苦笑いするマイガーさんをハイス様は軽く抱きしめ背中をポンポンと叩《たた》いた。

「ハイスはマー君大好きよね。嫉妬《しっと》しちゃうわ」

「勇気のあるやつは好きだ」

そう言いながらハイス様はマイガーさんと肩《かた》を組んだ。

なかなか仲良しである。

「で、そちらは？」

リーレン様の視線の先には私の護衛が二人。

「『荷物持ちだと思ってください』」

二人はそれだけ伝えるとテントなどの大型の荷物を背負って見せた。

「そうなのね！　じゃあ、貴方《あなた》達にも飴《あめ》ちゃんあげる」

言うが早いかリーレン様は二人の口の中に飴玉を押《お》し込《こ》み、強引《ごういん》に食べさせていた。

二人はかなり驚《おどろ》いていたが、拒否《きょひ》は認められていないようだ。

「マー君も飴ちゃん食べる？」

「自分はお菓子《かし》を大量装備しているので大丈夫《だいじょうぶ》です」

そう言ってマイガーさんは可愛《かわい》らしい包み紙に包まれた飴をリーレン様に見せた。

「あら。でも欲《ほ》しくなったら、いつでも言ってね！」

「勿論《もちろん》お願いいたします」

マイガーさんは頭を下げた。


マイガーさんの案内でついた場所は、人の手が入っていないのが見ただけで解《わか》る鬱蒼《うっそう》とした森の中。

鳥か何かの高い鳴き声が響《ひび》いて、不気味さを醸《かも》し出《だ》している。

「お嬢《じょう》、この森の奥《おく》にある山が目的地だよ」

マイガーさんの指差す先ははっきりいって木しか見えない。

森の入り口までは馬車で来たが、この先は徒歩でしか進めないようだ。

「ユリアス様、もしお嫌《いや》でなければ自分がユリアス様を背負ってお運び申し上げますが？」

護衛のバリガさんに心配されてしまった。

「大丈夫です。歩けますわ」

そう答えた私を心配そうに見つめるバリガさんには悪いが、こんなに自然溢《あふ》れる場所にいるのだ。

自分で歩かなくては利益に繋《つな》がるものを見落としてしまうかもしれない。

言うなれば、この森自体が私には宝の山に見えているのだ。

「殿下、ウサギがいますわ」

私がひょこっと出てきた真っ白なウサギを指差すと、殿下が呆《あき》れたようにため息をついた。

はしゃぎすぎてしまっただろうか？

そう思って首を傾《かし》げると、マイガーさんが素早《すばや》い動きでそのウサギを生きたまま捕《つか》まえてくれた。

「お嬢、これはウサギじゃなくてホーンラビットだよ」

何が違《ちが》うのかとよくよく見ればその頭部に本来ウサギにはない一本角が生えていた。

「生きてるホーンラビットをはじめて見ました。いつもは素材になる角しか見ていなかったので」

ホーンラビットの角は幸運のお守りにしたりアクセサリーに使ったりするので重宝される素材だ。

「肉も美味《うま》いし、夕飯に持ってく？」

生け捕《いど》りにしたホーンラビットのウルウルとした瞳《ひとみ》が私を見ている。

「ユリちゃん、見た目は可愛くてもその子は結構危険よ」

危険な生き物なのか。

「ユリアス、番《つがい》で捕まえないと増えないぞ」

殿下に心を読まれて驚いてしまった。

「お嬢が欲しいなら捕まえてくるけど？」

どうすると言いたげなマイガーさんに私が悩《なや》んでいると、殿下のため息が響いた。

「先は長いんだ、また今度にしろ」

殿下にそう言われて目的を思い出した。

そうだった。

直《す》ぐには帰れないのだし今回は諦《あきら》めよう。

「じゃあ、今度番で捕まえてくるね」

マイガーさんがニコニコしながら言ったので、私も笑顔を返した。

「では、お礼は倍に増やしてお返ししますわ」

私の言葉にマイガーさんはフーッと息を吐《は》いた。

「俺はお嬢にプレゼントがしたいの！」

「だからプレゼントのお返しですわ」

「そうじゃなくて、喜んでほしいんだよ」

「それで嬉《うれ》しいのですか？」

マイガーさんは、頬を膨らませた。

「お嬢は本当に男心が解ってない」

気に障ることを言ったようだが、何が悪かったのかよく解らず首を傾げた。

そんな私達を見てドラゴンの二人がクスクスと笑っていたなんて知らなかった。

その後もたくさんの魔獣《まじゅう》を見かけた。

羽の生えたリスとか、巨大《きょだい》な蛇《へび》とか。

「お嬢見て、あそこにお嬢が好きそうなのがいる」

マイガーさんが指差す先にいたのは金の角が生えた羊だった。

「マイガーさん、あの種はすでに飼ってますよ」

「「えっ？」」

マイガーさんに護衛の二人まで驚いた顔をしていた。

「うちの店の最高級ブランケットはあの生き物の毛を使ってますの」

「知らなかった～」

マイガーさんがしみじみ呟《つぶや》くと殿下がニヤリと笑った。

「マイガー、しかもその羊を育ててるのがラモールなんだぞ」

「はぁ？　なんであいつが？」

驚くマイガーさんと護衛の二人をニヤニヤ見ながら殿下がさらに続けた。

「ラモールは農業の才能があったらしい。今はユリアスに慰謝料《いしゃりょう》を払うために馬車馬のように働いているみたいだぞ」

呆然《ぼうぜん》とするマイガーさんと護衛二人を気にすることなく私も口を開いた。

「繁殖《はんしょく》にも成功し、年に一度生え変わる角も献上《けんじょう》するとつい最近手紙をもらいましたわ。婚約者《こんやくしゃ》だった時は手紙のやり取りなどしたこともありませんでしたが、今は結構文通していたりするんですのよ。笑ってしまいますね」

私の言葉に殿下までしばらく黙《だま》ってしまう。

「ユリアス、文通しているなんて聞いてないぞ」

「まるで浮気《うわき》しているみたいに言われるのは、心外ですが？」

それに、ラモール様の手紙には仕事半分、バナッシュさんの惚気《のろけ》半分で書かれているものので、私から見たバナッシュさんの日頃《ひごろ》のエピソードを添《そ》えて手紙を返すとよく働いてくれるのだ。

利益に繋がるなら文通ぐらいする。

「私、よく働いてくださる従業員は無碍《むげ》にできないので」

私がニッコリと笑うと殿下が頭を抱《かか》えたのが見えた。

「あいつ、やっぱりお嬢がいいとか言わない？　大丈夫？」

マイガーさんには肩を摑《つか》まれ揺《ゆ》さぶられた。

目がまわるからやめてほしい。

「それは大丈夫ですわ。ラモール様は真実の愛でバナッシュさんと結ばれているのですから！」

思い込みの激しいラモール様が結構策略家なバナッシュさんの本性《ほんしょう》に気づくとは思えないし、バナッシュさんも馬鹿《ばか》な子ほど可愛いみたいだから大丈夫なはずである。

「ルチャル、バリガ、金髪《きんぱつ》のデコッパチが一人で現れたらユリアスに近づけるな」

「「承知しました」」

殿下、私の護衛に変なことを吹《ふ》き込《こ》まないでほしい。

「ルーちゃんたら嫉妬深い男は格好悪いわよ」

遠くで私達を見ていたリーレン様がクスクス笑う。

「ハイス様の目を見て同じことをおっしゃってください」

殿下がそう返せばリーレン様もまた幸せそうに返した。

「格好悪いところも大好きだから大丈夫」

リーレン様の言葉を聞いてハイス様がリーレン様を抱きしめたのは見ないようにしてあ

げた。


森の中を歩き続けて三日が過ぎて、ようやく廃坑《はいこう》を見つけた。

ドア二枚分ほどの大きさの穴を崩れないように木で補強している。

だが、補強の木もかなり老朽《ろうきゅう》化しているようで危なく見えた。

しかも、中は暗くて二メートル先は暗闇《くらやみ》だ。

「どれだけ深くに子竜《こりゅう》が住んでいるか解らないからな。今日はこの前で休んで明日の朝一から入る感じで大丈夫か？」

殿下の提案に私も賛成だ。

中が暗くて見えない上に古く、人が出入りしなくなって時間が経《た》っていることは明白で
ドラゴンが住んでいるとはいえ他の魔獣が住んでいないとも言えない。

魔獣は夜行性で日の光を嫌がると本で読んだことがあるから、廃坑なんて格好の住処《すみか》だろう。

この中で仮眠《かみん》をとるのはできれば避《さ》けたい。

他の皆《みな》も賛成してくれた。

夜。焚《た》き火《び》の前で談笑《だんしょう》していると、ハイス様が立ち上がった。

「ハイス様？」

「いいのがいた」

ハイス様はそれだけ言うと森の中に走っていってしまった。

何事かと思いリーレン様を見ると、リーレン様はクスクスと笑った。

「ハイスも貴方達が大好きなのね」

どういうことか聞こうと思った時には、ハイス様が一羽《わ》の白鳥のような鳥を捕まえて戻《もど》ってきた。

「あらあらまあまあ！　美味《おい》しそう。ユリちゃんはどうやって食べるのが好き？」

「申し訳ございません。食べたことのない鳥ですわ」

「そうね。滅多《めった》に捕まえられない鳥だものね！　でも、普通《ふつう》の鳥肉と大差ないから鳥肉料理で一番好きなものを教えて」

リーレン様が私に話しかけている間にハイス様が素早い動きで鳥を解体し、次に見た時にはただの鳥肉に変わっていたのがすごいと思った。

「リーレン、こんなところでは凝《こ》った料理なんてできない。串《くし》に刺《さ》してシンプルに焼いて食べる」

この旅で驚いたのは、ハイス様がお料理上手ということだ。

今日の鳥肉も美味しい串焼きになったし、骨を使ったスープも美味しくて幸せな時間を過ごしたのだった。


次の日、いざ廃坑探険をしようと入り口に立つと、不思議なことが起こった。

昨日まで真っ暗だった廃坑の中が明るいのだ。

「昨日食べた鳥、覚えてる？」

リーレン様は悪戯《いたずら》が成功した子どものように嬉しそうに笑った。

「あの鳥を私達は、暗視鳥《あんしどり》って呼んでるんだけど、食べてから三日間は夜目がきく効果を与《あた》えてくれる鳥なの。鳥のくせして普段《ふだん》は暗いところで生活しているから見つけるのが大変なのよ！」

廃坑はガスが溜《た》まっている場所があるので下手に松明《たいまつ》などの火を使うと爆発《ばくはつ》すると聞いたことがある。

それを考えると、この暗視鳥の効果は嬉しかった。

「ハイス様、ありがとうございます」

私がお礼を言えば、ハイス様は照れたようにプイっとそっぽを向いてしまった。

リーレン様はそれを見てクスクス笑っていた。

暗視鳥の効果を得て、早速《さっそく》私達は廃坑の中に入っていったのだった。


廃坑の中は入り組んでいて、横穴がたくさんあり目印をつけなくては迷子になりそうだ。

壁《かべ》に小さくバッテンを描いて歩く。

「離《はな》れると危ないから、皆《みな》固まって歩けよ」

殿下の言葉はもっともである。

こんな迷路《めいろ》のようなところではぐれたらパニックになってしまいそうだ。

少し怖《こわ》くて殿下の服の裾《すそ》を掴《つか》む。

「ユリアス？」

「は、はぐれたくないので」

殿下はしばらく黙《だま》り、裾にある私の手を優《やさ》しく握《にぎ》り手を繋《つな》いで見せるとニカっと笑った。

ドキドキするからやめてほしい。

「あ、ズルイ！　お嬢、俺もはぐれたくないから手繋ご！」

マイガーさんが手を出してきた。

「お前は大人しく前を歩いてろ」

「ズルイズルイズルイ！」

「煩《うるさ》い、狭《せま》いんだから前を歩け」

口を尖《とが》らせるマイガーさんを軽く蹴《け》りながら前に進む殿下。

思わず笑ってしまったのは許してほしい。


その後しばらく歩いていると、さらに前を歩いていたドラゴンのお二人が足を止めた。

「どうかなさいましたか？」

「この先が一番奥なんだけど……」

なんだか歯切れの悪いリーレン様とハイス様にマイガーさんが先に奥に向かう。

私達もその後に続いて奥に向かった。

そこには綺麗《きれい》な鉱石がキラキラと輝《かがや》く広い空間があった。

「綺麗……」

思わず声が漏《も》れた。

「だが、子竜《こりゅう》とはいえドラゴンがいるようには見えないな。お二人のように人型になっていたとしても気配もないような？」

殿下の言葉にそう言われてみればと思う。

私達はその空間の中を子竜がいないか捜《さが》しまわったがいそうになかった。

「やっぱりいないのね」

後ろからゆっくりとやってきたリーレン様とハイス様がため息をついた。

「どこにいるか、ここ以外に心当たりはないのですか？」

「そうなのよ。殺されたりしてるとかでないのならいいのだけれど」

リーレン様の言葉にハイス様がグッと息を呑《の》んだ。

私は何か手がかりがないかさらに捜しまわった。

「リーレン様、壁に傷のようなものがついていますが、これは戦闘《せんとう》の跡《あと》でしょうか？」

私がそうたずねればハイス様が近づいてきてその傷に触《ふ》れた。

すると、その傷が淡《あわ》く緑色に光った。

「これは、ドラゴンの文字だ」

ハイス様はそれを読むと近くにあった岩を素手《すで》で砕《くだ》いた。

何が書かれていたのか、怖くて聞けない。

「あらあらまあ！　好きな人ができてここを出ていくって書かれてるわね」

リーレン様の言葉にハイス様が二個目の岩を砕いた。

「あの子に恋愛《れんあい》なんて早すぎる」

ハイス様の顔は父親の顔になっていた。

「あら、ハイスは反対なの？　私にとってのハイスみたいな存在をあの子は見つけたのよ！　ただ、あの子が何に恋《こい》をしたのかにもよるわね」

「ドラゴンはドラゴン同士で番《つが》うのではないのですか？」

私が首を傾《かし》げると、リーレン様が苦笑いを浮《う》かべた。

「そうとは限らないのよ。私達は変化の力があるから」

姿を変えられるということはドラゴンや人型以外の姿にもなれることだと悟《さと》り、その場が絶望に変わる。

「ユリちゃんに宝物庫を見せてあげたかったけど何も残ってないみたい。ごめんなさいね」

「この鉱石は宝じゃないのですか？」

私はキョロキョロと周囲を見渡《みわた》した。

「こんな石はどこにだってあるわよ」

人とドラゴンとではやはり価値観が違《ちが》うようだ。

「帰りましょうか。……そうだ、ここまで付き合ってもらっちゃったし飛んで帰りましょう！」

さっきまで悲しそうな顔をしていたリーレン様とハイス様が、ドラゴンの姿に変わり、城まで送ってくれたのだが、二人にかける言葉も見つからず、無言の帰宅となったのだった。

街に帰ってきてからもリーレン様とハイス様はしばらく城に滞在《たいざい》することになった。

普段《ふだん》のお二人は切り立つ山間部に巣を持っていてそこで暮らし、たまに人里に下りて観光をするのだと言う。

今回は少しでも娘《むすめ》さんが見つからなかったことを慰《なぐさ》めたくて、無理を言って放課後や休日の空いた時間に接待させてもらっているのだ。

驚《おどろ》いたのは、お父様とハイス様が娘が嫁《よめ》に行く辛《つら》さを毎晩語り合いながらお酒を酌《く》み交《か》わしていることだ。

「嫁にとか言ってるけど、あの子の恋《こい》が実ったかすら解《わか》ってないのに。あれはお酒を飲みたいだけなのよ」

リーレン様も呆《あき》れている。

「リーレン様の娘さんはどのようなドラゴン様なのか聞いてもよろしいでしょうか？」

私とリーレン様は毎日のようにお茶会を開いていて、少しずつ私はリーレン様達の娘さんの情報を手に入れていた。

「あの子はグリーンドラゴンで植物を育てたり動かしたりできるの、素敵《すてき》でしょ。人嫌《ひとぎら》いではあるけど、人を食べたり殺したりするような子じゃないわ。信じてくれる？」

「はい」

「のんびりした子でもあったから、あの子はまだまだ恋愛《れんあい》なんてしないって勝手に思ってて、だからビックリしちゃったわ」

私だって、殿下《でんか》を好きになるなんて思っていなかった。

心境の変化とは突然《とつぜん》起こるものである。

「お名前はなんとおっしゃるんですか？」

「バネッテよ」

私の知り合いにはいない名前で少し残念だ。

「好きな食べ物とかはどうでしょうか？」

「私の作るこの蜂蜜《はちみつ》の飴《あめ》ちゃんが大好きで、一人で暮らすことになった時作り方を教えたの……あの子はまだドラゴンの姿でも馬ぐらいの大きさで……懐《なつ》かしいわ〜」

リーレン様はしばらく物思いにふけってから優雅《ゆうが》にお茶を飲み、言った。

「あの子が好きになったのはドラゴンじゃないし、上手《うま》くもいってないと思うの」

母親の勘《かん》というやつなのか、絶対そう！　とリーレン様は言い張った。

「だって、上手くいってたら連絡《れんらく》ぐらいしてくると思うの！　ハイスにはなくても、私には素敵な彼氏《かれし》ができました！　って言うはずなの。それがないんだから、上手くいってないのよ」

リーレン様はクッキーをムシャムシャ食べてお茶を飲んだ。

「それに相手がドラゴンだったら廃坑《はいこう》を出ていく必要がないでしょ！　何より相手がドラゴンなら、やっぱり私達に報告があるはずよ！　それがないんだから」

「相手はドラゴンではなく、お付き合いされている可能性も低いというんですね」

私もお茶を飲みながら考えた。

難しすぎる問題である。

「まあ、すぐに傷つくことになるでしょうね」

「え？」

「ドラゴンは寿命《じゅみょう》が長いじゃない。人の寿命は長くてもたかだか百年足らずでしょ」

私は思わず首を傾《かし》げた。

「待ってください。相手は人間なのですか？」

今度はリーレン様が首を傾げた。

「だって、好きな〝人〟ができましたって書いてあったじゃない」

言われてみればそうだ。

人であるなら、捜《さが》し出すことができないとは言いきれなくなる。

まず、捜すなら廃坑があったマイガーさんの父親である宰相《さいしょう》閣下の領地だろう。

宰相領で新しく一人暮らしを始めた女性とかを調べよう。

「リーレン様、人の姿になっていてもドラゴンだと解る特徴《とくちょう》はありませんか？」

リーレン様は腕《うで》を組んで考えてから言った。

「ないわ」

少し期待していただけにガッカリしてしまった。

「でもあの子は擬態《ぎたい》が苦手だったから、首の後ろにウロコがアザみたいに残ってしまうの」

それならいけるかもしれない。

「ユリちゃんはまだ頑張《がんば》って見つけるつもり？」

「はい。勿論《もちろん》です」

リーレン様は寂《さび》しそうにお茶のカップを見つめながら言った。

「もう、いいのよ。長くてもたかだか百年足らずの片想《かたおも》いだわ。いずれ連絡も来るでしょ……だから」

私はテーブルを叩《たた》くようにして立ち上がった。

「私は諦《あきら》めません！　私は、リーレン様達のことをもう家族だと思っているんですの！　だったら、バネッテ様も私の家族のようなものなのです！　それなのに一度も会ったことがないなんてことが許されますか？」

私の気迫《きはく》に目をパチパチさせて驚くリーレン様。

「私は絶対に諦めません」

私の力説が終わると、リーレン様は声を上げて笑った。

そんなにおかしなことを言っただろうか？

「じゃあ、ユリちゃんに任せようかしら」

「お任せください！　必ずやいい結果をお持ちできるように頑張らせていただきます」

私はその場で拳《こぶし》を握《にぎ》りしめリーレン様に誓《ちか》ったのだった。


その後、私は自分の店の工房《こうぼう》に戻《もど》り職人の皆《みな》に言った。

「先日、鉱石をたくさん持ち帰りましたよね。あれで新しいネックレスとチョーカーを作ってほしいのです」

廃坑の奥《おく》にあった鉱石はドラゴンにとってあまり価値がないと聞いたため、拾える範囲《はんい》のものを持って帰ってきていた。

ハイス様が複雑な感情を岩にぶつけていたお陰《かげ》で結構な量が採れた。

護衛二人にマイガーさんも運んでくれたし、殿下も荷物を持ってくれたので大量に持ち帰れたのだ。

「小さいものだけでいいので、できるだけ安いコストでお願いします」

女性達に新作のネックレスやチョーカーを安く売り、あわよくば首の後ろもチェックできるって寸法である。

「明日までにデザイン画を描《か》いてもらえませんか？　無理を言ってすみません」

私が謝《あやま》れば、職人達は豪快《ごうかい》に笑い各々《おのおの》の机や鞄《かばん》からデザインの描かれた紙を持ってきた。

「姫様《ひめ》に提案したいデザインは皆腐《くさ》るほど持ってるんだ。明日までになんて時間いりませんぜ」

私は感動しながらデザインを確認《かくにん》し、ダメ出しをしながらもデザインはすぐに決まり制作作業に入ってもらった。

職人の頑張りによってネックレスとチョーカーは三日で用意することができた。

無茶なお願いをしたにもかかわらず、いいものが揃《そろ》った。

勿論休みとボーナスをプレゼントしたのはいうまでもない。

四日目には宰相閣下の領地で新作のネックレとチョーカーを格安で売り歩いてもらったが、成果は売り上げだけだった。

情報収集もしたが、首にウロコのようなアザがある女性の情報は得られなかった。

それに、彼女が巣にしていた廃坑はラオファン国との境界のためラオファン国側に出ていってしまったのかもしれない。

私は直《す》ぐにムーラン様に手紙を出して、同じように首の後ろにウロコのようなアザがある女性を捜してもらったがやはり見つからなかった。

「俺も店に来る女性に聞いてるけど、知らないってさ」

マイガーさんも積極的に捜してくれているが、なかなか見つからないものだ。

どうしたら見つけることができるのだろうか？

私は頭を抱《かか》えていた。

「私達のためにごめんなさいね。はい、飴ちゃんでも食べて疲《つか》れをとって」

リーレン様に口の中に飴を入れられて思った。

本当に美味《おい》しい飴である。

蜂蜜をそのまま閉じ込めたような優《やさ》しくて、どこかで食べたような懐かしい味。

「疲れはとれた？」

「この飴、回復薬でも入っているのですか？」

リーレン様はクスクス笑った。

「入ってないわ。でも甘《あま》い物は疲労《ひろう》に効くのよ」

疲れが溶《と》けていくような甘み。

これを商品化できたら……。

でも、蜂蜜は貴重品だから商品化は難しいだろう。

こんなに美味しい飴なら高級品としてブランド価値をつけて貴族に売ることはできるかもしれない。

どこかで同じようなことを思った気がするが、どこだったか思い出せない。

……いけない、現実逃避《とうひ》をしてしまった。

今は商品開発ではなく、バネッテ様を見つけるのが先である。

「ユリちゃんは、本当にいい子ね」

リーレン様は私の手にヒンヤリとした何かを握らせた。

手を開いて見れば、水色なのに角度によって七色に輝《かがや》く石のようなものがあった。

「それ、私のウロコ。水に浸《つ》けると、氷《こお》らせることができるわ。これをユリちゃんにあげる」

「そんな貴重なものを何故《なぜ》私に？」

リーレン様はニコニコ笑った。

「ユリちゃん、ずっと言ってくれてたでしょ、私達は家族だって。それって私達からしたらすごく嬉《うれ》しいことなのよ。化け物って言われたり、失神されるのが普通《ふつう》なの。だから、ユリちゃんが家族だと思ってくれて、娘まで捜してくれることが、嬉しくて嬉しくて」

リーレン様の瞳《ひとみ》からポロポロと溢《あふ》れた涙は、綺麗《きれい》な結晶《けっしょう》になって床《ゆか》に転がった。

「ユリちゃん、バネッテはいずれ見つかるから無理だけはしないでね」

リーレン様にそう言われても、はいそうですかと諦められるわけがない。

だって、リーレン様が娘を心配しないわけないのだ。

「いいえ、私はバネッテ様を見つけます。そして、恋の応援《おうえん》をしたいのです！　恋は素晴《すば》らしいものです。私もつい最近、ようやくそのことを知りました。だからこそ、応援したいのです」

「ユリちゃん」

私とリーレン様はしばらくの間抱《だ》きしめ合った。

仕事を終えた殿下が顔を見せに来た時ギョッとされてしまったが仕方がない。

それに、リーレン様の涙の結晶がすごく綺麗だと言ったら全部くれた。

後々知ったが、この結晶は〝ドラゴンの涙〟というまんまの名前で、希少価値が非常に高い最高級の宝石だったらしい。

直ぐにイヤリングとネックレスに加工したのだが、リーレン様には恥《は》ずかしいからやめてほしいと言われた。

大事に毎日つけることは決して嫌《いや》がらせではないのに。

意外なところに……


作戦は失敗続きのまま、利益だけが上がる今日この頃《ごろ》。

毎日、リーレン様に飴《あめ》を口に入れられる日々。

ストレスからか少し頭痛もし出した時……。

「お嬢《じょう》さん大丈夫《だいじょうぶ》かい？　顔色が悪いよ」

薬売りのお婆《ばあ》さんに頭痛薬をもらいに行ったらかなり心配されてしまった。

「頭痛薬をもらえませんか？」

「……待ってな」

そう言ってお婆さんは私にハーブティーを出してくれた。

「これが頭痛薬ですか？」

「ただのお茶だよ。お嬢さんはちょっと休んだ方がいいんじゃないかい？」

温かい言葉と優しいハーブティーの香《かお》りに力がスーッと抜《ぬ》ける気がした。

ゆっくりと、ハーブティーを口に入れるとなんだか涙《なみだ》が溢《あふ》れた。

「お嬢さんはいつも頑張《がんば》りすぎなんだよ。ちょっとは休んだ方がいい」

そう言ってお婆さんは私の頭を撫《な》でてくれる。

優しい手とハーブティーに頭がスッキリして頭痛も引いた気がした。

「このハーブティーとっても美味《おい》しいですわね」

「ハーブティーにこの飴玉を入れてるんだよ」

見せられたのはここ最近私が毎日食べている飴そのものだった。

「この飴は？」

思わず口から疑問が漏《も》れた。

「これは私が作るいつもの飴だよ。お嬢さんだって小さい頃よく食べてただろ？」

言われてみれば、私はこの飴が大好きだった。

リーレン様の作る飴を初めて食べた時の懐《なつ》かしさは、お婆さんの飴と同じ味がしたからだったのだ。

私は、お婆さんの手を摑《つか》み引き寄せ、首の後ろにウロコ型のアザがあるのを確認《かくにん》した。

「もしかして、お婆さんがバネッテ様？」

お婆さんの顔色が悪くなる。

あまりの衝撃《しょうげき》に、逃《に》げられたくないやら嬉《うれ》しいやらの感情が爆発《ばくはつ》して、私はお婆さんを強く抱《だ》きしめた。

「捜《さが》してたのは、貴女《あなた》です!!」

私は飛《と》び跳《は》ねてしまいたいぐらいに浮《う》かれた声で言った。

「リーレン様とハイス様が会いたがっています」

バネッテ様は肩《かた》をビクッと揺《ゆ》らした。

「ママとパパが?」

「はい」

言われてみれば、お婆さんはグリーンドラゴンのことも知っていたし、あの時何か残っているといいねと言っていた。

グリーンドラゴン本人だったから何も残っていないことを知っていたのだ。

私にとっては鉱石が宝だったりするから何も残っていないというわけではなかったのだが。

「会いに行きましょう、ご両親に!」

私はバネッテ様を家から連れ出し、城に向かったのだった。

城について、直《す》ぐに王族のプライベート用の応接室に通された。

そこでリーレン様とハイス様は、待ちきれないと言わんばかりに部屋の中をウロウロしていたのだと後で聞いた。

そんなこととは知らず、私が応接室のドアを開けてバネッテ様に中に入るよう促《うなが》していると、部屋から出てきたリーレン様に抱きしめられていた。

「バネッテ～」

「マ、ママ、恥《は》ずかしいから離《はな》して」

お婆さんの姿のバネッテ様に若い女性の姿のリーレン様が抱きつき、お婆さんの方が若い女性をママと呼ぶ様は端《はた》から見たら異様である。

「で、バネッテ、その好きな人ってのは誰《だれ》なんだ！　パパがバネッテに相応《ふさわ》しい男かどうか見極《みきわ》めてやる！」

再会を喜ぶよりも、バネッテ様の好きな人が気になるハイス様。

リーレン様はハイス様を睨《にら》むと言った。

「娘《むすめ》が元気な姿を見せにきたんだから、今はその話はいいでしょ！」

「だが」

「とにかく、その話はまた今度」

そう言うなり、リーレン様はバネッテ様の手を引いて応接室を出ていこうとした。

「リーレン、どこに行く」

「お風呂《ふろ》よ、せっかく大きなお風呂があるんだからゆっくり浸《つ》かって疲《つか》れをとって、その後パパと晩酌《ばんしゃく》よ」

晩酌という言葉にハイス様は渋々《しぶしぶ》リーレン様達を見送ることにした。

「さぁ、ユリちゃんも一緒《いっしょ》に入りましょう」

言うが早いか、リーレン様にバネッテ様とは違《ちが》う方の手を掴まれて城のお風呂に連れていかれた。


今日はじめて城のお風呂はいつでも入れるよう源泉かけ流しにしていることを知った。

ハイス様に頼《たの》んでリーレン様が数百年前に作らせた天然温泉らしい。

火炎竜《かえんりゅう》と呼ばれるドラゴンの間違った使い方だと当時の国王達に言われたらしいが、私からしたら最高の力の使い方だと思う。

王家のお風呂とはいえ、守護竜との入浴は神聖なものであるため、人払《ばら》いがされていて今は私とリーレン様とバネッテ様の三人だけだ。

服を脱《ぬ》ぎバスタオルで体を隠《かく》して振《ふ》り返《かえ》ると、そこにはリーレン様とお婆さんではなく、黒に近い深緑色のストレート髪《かみ》がお尻《しり》の下ぐらいまである、神秘的という言葉がよく似合う若い女性の姿があった。

誰?

いや、バネッテ様なのだろう。

だって、人払いしている今、私達以外の誰もお風呂に入るわけがないのだから。

胸は大きく腰《こし》はくびれ、お尻も引《ひ》き締《し》まり、色気が半端《はんぱ》ない。

涼《すず》しげな目元は少しつり上がっているが、優しげな若草色の瞳《ひとみ》がそれを感じさせない。

女の私でもドキドキしてしまう。

「バネッテはそっちの方が可愛《かわい》いわ」

「この見た目だと変な人間に襲《おそ》われそうになるから嫌《いや》だよ、面倒《めんどう》くさい。人間は直ぐ死ぬからね。加減が難しいだろ。なら、婆さんの格好の方が安全さ」

喋《しゃべ》り方はお婆さんのままなのになんだか色っぽく感じるのは気のせいだろうか？

「お嬢さんもうちのゴタゴタに巻《ま》き込《こ》んですまなかったよ」

「いいえ！　私はバネッテ様にお会いしたかっただけですわ！」

「物好きだね～」

私達が話している間にリーレン様も服を脱ぎ終わり裸《はだか》のまま私達の腕《うで》を掴んで中に連れていく。

私だけタオルをしているのが気に入らないのか、バネッテ様にタオルを奪《うば》われてしまった。

「返してほしいのですが」

焦《あせ》る私を見てバネッテ様は鼻で笑った。

「せっかくの裸の付き合いなんだから諦《あきら》めな」

「そうだそうだ」

合いの手を入れるリーレン様も私の味方ではないようだ。

タオルを諦め、私達は体を洗い湯船に浸かった。

「バネッテの好きな人って若い？」

リーレン様が世間話をするように聞いた。

「言わなきゃダメかい？」

私は拳《こぶし》を握《にぎ》り言った。

「私にもお手伝いさせてほしいですわ！」

バネッテ様は苦笑いを浮かべた。

「お嬢さんが手伝ってくれるのかい？　それはちょいと複雑だねぇ」

どういうことなのか、リーレン様が困ったようだ。

「なあに？　その男ってユリちゃんのことが好きなの？」

意味が解らず首を傾げると、バネッテ様は湯船のお湯を両手ですくった。

「ママって本当に鋭《するど》いよね」

「まさか、バネッテ様の好きな男性って」

バネッテ様が優しい笑顔《えがお》を作り……。

「殿下《でんか》なのですか？」

私の言葉にあからさまに呆《あき》れた顔をした。

「なんで解らないんだい？　私は王子殿下になんて会ったことすらないよ」

では、誰だ？

真剣《しんけん》に悩《なや》む私の顔に手を合わせて作った水鉄砲《みずでっぽう》でお湯をかけてくるバネッテ様。

怒《おこ》っても許されると思う。

「ルーちゃんじゃないならマー君じゃない？」

「マー君ってマイガーさんですか？」

私が聞けば、バネッテ様はぷいっとそっぽを向いた。

耳が少し赤いのはお風呂のせいではないと思う。

「マイガーさんは私を恋愛《れんあい》的な意味で好きではないと思いますが？」

「人の好意に鈍感《どんかん》なお嬢さんに何が解るっていうんだい？」

言われてみれば、人の好意に私は疎《うと》い。

それでも最近では少しは解るつもりだ。

マイガーさんの私に向ける〝好き〟は殿下に向ける〝好き〟とほとんど一緒だと思う。

殿下と仲良くしている私を慈愛《じあい》に満ちた目で見ている時なんて、まるで父親か兄のようだ。

まぁ私のお父様とお兄様なら殿下に殺意を向けていると思うが。

「マイガーさんはたぶん、私を妹のように思っているんだと思うんですが」

バネッテ様はまた手で水鉄砲を作ると私の顔目がけてお湯を打ってきた。

「アプッ……バネッテ様はいつからマイガーさんを好きなんですか？」

私が顔を手で覆《おお》いながら聞けば、バネッテ様はゆっくりと言った。

「お嬢さんが養護施設《ようごしせつ》を買い取った後だよ」

バネッテ様の話では、バネッテ様は人間嫌《ぎら》いというわけではなく子どもは好きなのだという。

だから、廃坑《はいこう》から各地の養護施設に定期的に薬とお菓子《かし》を持ってきていたらしい。

そんな中、マイガーさんが養護施設に講師として来るようになった。

子ども達と大して変わらない年なのに一人前に働いているマイガーさんを甘《あま》やかしたくなったらしい。

最初は鉱山からたまに来る感じだったのが、毎週マイガーさんに会いに行くようになり気づいた。

マイガーさんのことが好きで、できるだけたくさん会いたい、笑ってほしいって思っていることに。

それに気づいてすぐに、鉱山で暮らすことをやめて町外れの廃屋《はいおく》に引《ひ》っ越《こ》した。

家は元々草ぼうぼうで勝手に住み着いても気づかれず、むしろずっと前から住んでいた

ように周りも思ったという。

家の中がまともになった頃、マイガーさんがたまに遊びにくるようになり、他の人も薬を買いにくるようになった。

マイガーさんは楽しそうに私の話をバネッテ様に聞かせた。

そんなに素敵《すてき》な人を好きなら、応援《おうえん》しようと思っていた。

人は直ぐに死ぬ生き物だからこの恋心《こいごころ》はしまっておこうと決めた。

なのに、私は婚約者《こんやくしゃ》を変えても、マイガーさんを選ぼうとはしなかった。

「それを嬉しいと思う自分の浅ましさを実感したさ」

「恋とは、浅ましいものだわ」

リーレン様はニッコリと笑った。

私からしたら、マイガーさんが上機嫌《じょうきげん》の時は大抵《たいてい》お婆さんにお菓子をもらった時だし、なんだったら最近はお婆さんの飴しか食べていないと思う。

それって餌《え》づけが成功しているんじゃないのか？

「マイガーさんはお婆さんが大好きすぎて、老後の面倒《めんどう》を全部見る気でいるかもしれないと勝手に思っていました。今は見た目がお婆さんだから孫気分かもしれないですが、実はこんなに美しい人だと解ったら意識させられる気がします」

「そう簡単にいくわけないだろ！　実は若い姿になれますなんて言って姿を変えて、気持ち悪がられない保証がどこにあるんだい？」

私はしばらく考えてから言った。

「とりあえず、マイガーさんにドラゴンだったことを話しましょう！　考えるのはそれからでも遅《おそ》くはありませんわ」

私がのぼせそうな頭で思いついたのは大したことのない考えだけだった。

お風呂から上がり、ホカホカの状態で先ほどの応接室に向かっていると、殿下の執務室《しつむしつ》の前を通りかかった。

殿下は基本忙《いそが》しい人だ。

もしかしたら今も仕事をしているかもしれない。

……だけど一目、殿下の顔が見たい。

「ルーちゃんに直接バネッテが見つかったって報告しなくていいの？」

リーレン様には全てお見通しなのではないかと怖《こわ》くなる。

「今、報告してもよろしいでしょうか？」

お風呂を上がってもバネッテ様は美しい姿のままだった。

殿下がバネッテ様に一目惚《ひとめぼ》れするなんて絶対に嫌だ。

とりあえずここは殿下を信じよう。

そう心に決めて、ドアをノックした。

入室の許可と同時にドアが開き、中からマイガーさんが顔を出した。

「やっぱり、お嬢だと思った！」

マイガーさんがいるとは思わず飛び上がるほど驚《おどろ》いたし、バネッテ様にいたってはリーレン様の後ろに隠れてしまった。

「入って入って！」

促されるまま足を動かすとリーレン様も躊躇《ためら》うことなく部屋に入っていく。

要するにリーレン様の後ろにしがみついているバネッテ様も一緒にだ。

殿下はリーレン様を見ると書類仕事をしていた手を止め立ち上がった。

「リーレン様とユリアス？　そちらは？」

「娘のバネッテよ」

リーレン様がバネッテ様の背中を押《お》して殿下の前に突《つ》き出《だ》した。

あからさまに怯《おび》えるバネッテ様に慈愛に満ちた笑《え》みを浮かべながら殿下が膝《ひざ》をついて頭を下げた。

「お初にお目にかかりますバネッテ様。自分はパラシオ国第一王子ルドニークと申します。以後お見知り置きください」

それはそれでどうしたらいいのか解らないバネッテ様は慌《あわ》てていた。

「王子が軽々しく頭なんか下げるんじゃないよ！」

バネッテ様の言葉に殿下はキョトンとした。

「私は頭なんか下げられ慣れてないんだ、やめとくれ」

殿下はゆっくりと立ち上がった。

「それは申し訳ございません。以後気をつけます」

殿下は余所《よそ》行《ゆ》きの笑顔をバネッテ様に向けた。

一目惚れの心配がなさそうで安心している中、マイガーさんがジーっとバネッテ様を見ていたことに私は気づいていなかった。

# それは野生の勘ですか？

バネッテ様を見てからというもの、マイガーさんの様子が変だ。

そう気づいたのは、殿下《でんか》にバネッテ様が見つかったことを報告して執務室《しつむしつ》を出ようとした時だった。

バネッテ様を喰《く》い入るように見つめているのだ。

まさか、マイガーさんは一目惚《ひとめぼ》れしたのではないか？

そうならバネッテ様がお婆《ばあ》さんと同一人物であることは、言わない方がいいのかもしれない。

そう思った瞬間《しゅんかん》、マイガーさんはバネッテ様の手を摑《つか》んだ。

「な、なんだい！」

飛び上がりそうに驚《おどろ》くバネッテ様にさらに顔を近づけたマイガーさんがぽつりと呟《つぶや》いた。

「もしかして、婆ちゃん？」

私もだが、バネッテ様も息を呑《の》んだ。

「な、なんで解《わか》ったんだい？」

思わずバネッテ様の口から言葉が漏《も》れた。

「目が一緒《いっしょ》。俺、婆ちゃんの目大好きだからさ！」

それは、野生の勘《かん》というやつでは？

私がそう思ってるうちにマイガーさんはバネッテ様の手を掴んだままニコニコ笑っている。

バネッテ様の顔が赤い。

「あらあらまああ！　マー君ったらうちの娘《むすめ》が照れちゃうから手を離《はな》してあげて」

リーレン様が助《たす》け舟《ぶね》を出すがマイガーさんは首を傾《かし》げた。

「手を繋《つな》ぐのなんて、よくやってるよね？」

マイガーさんにとっては、若くても年をとっていても関係なく自分の知っている〝婆ちゃん〟でしかないのではないか？

マイガーさんに意識させるのは思った以上に難しいのかもしれない。

「だ、だからいつもやめろって言ってるだろ！」

手を揺《ゆ》らしてマイガーさんの手を振《ふ》り払《はら》おうとしているバネッテ様。

それはそれでなんだか微笑《ほほえ》ましくて、お似合いにしか見えない。

「どういう状況《じようきよう》だ？」

二人を微笑ましく見ていると、殿下が隣《となり》にやってきた。

「バネッテ様はお婆さんの姿になってうちの養護施設《ようごしせつ》に薬を売りに来てくれていたんです。灯台下暗《とうだいもとくら》しというやつですわね」

殿下はしばらく二人を見つめていたが、思い出したように言った。

「老人の姿でいたということは、バネッテ様の好きな人とは同じように老人ということか？」

殿下、大外れもいいとこである。

手を揺らしていたマイガーさんの動きが止まった。

マイガーさんはまだ、バネッテ様の好きな人がマイガーさんだということを知らない。

「婆ちゃん好きな人いるんだ？　どこのどいつ？」

マイガーさんがニッコリ笑顔《えがお》で聞く。

「関係ないだろ！」

素直《すなお》になれないバネッテ様。

だが、私から見ればそれは照れているだけにしか見えない。

何故《なぜ》かマイガーさんの笑顔が深くなる。

「そいつが婆ちゃんを幸せにしてくれるやつなのか見極《みきわ》めたいから……ね、教えて」

どう見ても笑顔なのに、殺気が漏れ出ているのが、私にも解る。

バネッテ様はというと、好きな人に好きな人を聞かれてプチパニック状態になっており、マイガーさんの殺気に気づいていない。

「とにかく、手をお離しよ」

「やだ、まだ婆ちゃんの好きな人聞いてないもん」

マイガーさんは聞くまで手を離す気はないようだ。

バネッテ様が困っているのは明らかだ。

「マー君、その子は私の娘で今は久しぶりの再会を楽しみたいのよ。だから、返して」

リーレン様はそう言いながらマイガーさんの手を振り払い後ろ手にかばった。

「マー君はうちの子がお気に入りみたいだけど、覚悟《かくご》はあるのかしら？」

「覚悟？」

「ドラゴンに関わる覚悟よ」

マイガーさんはキョトンとした後言った。

「ドラゴンと関わる覚悟ってやつはどんなものか解らないけど、婆ちゃんを看取《みと》る覚悟ならあるよ」

今度は周りがキョトンとする番だった。

リーレン様が首を傾げる。

「看取る？」

この言葉は、私からしたらプロポーズの言葉のように聞こえた。

「俺は婆ちゃんにたくさん愚痴《ぐち》ったりお菓子《かし》もらったりよくしてもらってきたから、婆ちゃんが死ぬまで側《そば》にいたいって思ってるの！　だから、婆ちゃんの好きな人がどんなやつか見極める権利があると思う」

「マー坊《ぼう》、それは私がドラゴンだって解る前のことで、いつ死んでもおかしくない婆さんだと思っていたからだろ？」

バネッテ様は信じられないと言いたげだ。

「そうだけど……婆ちゃんがドラゴンでそう簡単には死なないって解っても婆ちゃんのこと看取るのは俺だと思ってるんだよね」

「できもしないくせに！」

バネッテ様はイライラしたように言った。

「できないかなぁ？」

マイガーさんは不思議そうだ。

いや、普通《ふつう》に考えたら無理だろう。

「マイガー、ドラゴンの寿命《じゆみよう》は長い。看取るには何百年も生きなければならないってことになるんだぞ」

殿下の言い分はもっともだ。

だがマイガーさんはニッコリ笑って見せた。

「何百年生きられるかは解らないけどさ、俺バンシーの血族だから結構長生きできると思うんだよね」

「「あ！・」」

私と殿下は同時に思い出した。

彼の母親はいつまでたっても若く美しい。

彼なら数百年は生きられそうな気がする。

「マイガーにそんなふうに思える人が現れたことが俺は嬉《うれ》しい。応援《おうえん》するぞ、兄弟」

殿下がマイガーさんに兄弟と言っているのをはじめて聞いた。

いや、そうじゃない、殿下はマイガーさんが恋《こい》をしていると思ったようだが、マイガーさんの言い分は今のところ祖母のことを考える孫の域を出ていない。

それは、私だけでなくリーレン様とバネッテ様も感じている。

そうじゃないのだ。

恋愛《れんあい》感情を持ってほしいのだ！

ここはひとまず撤退《てったい》した方がいいんじゃないだろうか？

私とリーレン様はアイコンタクトをして執務室のドアに向かった。

勿論《もちろん》、バネッテ様の腕《うで》を掴んだ状態でだ。

「とにかく、マー君の覚悟は解ったわ！　でも、こっちの覚悟はまだ決まってないからまた今度ね～」

それだけ言うと私とリーレン様はバネッテ様を引きずるようにして執務室から逃《に》げ出《だ》したのだった。

作戦を練り直さなければならない。

# 仲間は多い方がいい

私とリーレン様とバネッテ様は一緒《いっしょ》にお茶を飲んでいた。

「マー君は強敵ね」

リーレン様の言葉に同意見である。

基本、マイガーさんの中でバネッテ様はお婆《ばあ》ちゃんで孫気分なのだ。

下手にお婆ちゃん歴が長いせいで今や女神《めがみ》のように美しいのに、お婆ちゃん扱《あつか》いである。

「どうにかならないかしら？」

リーレン様がお手上げなら私に何ができるのだろうか？

「仲間を増やしましょう」

私では力不足だ。

ここは助《すけ》っ人《と》のところへ行こう。

私は急いで私の店である『アリアド』の二階に二人を連れていった。

勿論《もちろん》マイガーさんが戻《もど》ってきても立ち入り禁止にするよう店長であるオルガさんに頼《たの》ん

で。

「あらあらまあ！　マチルダじゃない！」

「リーレン様ではございませんか！　ご無沙汰《ぶさた》してます」

そうか、マチルダさんは元々王妃《おうひ》様の侍女《じじょ》で殿下《でんか》の乳母《うば》をしていたからリーレン様とは顔見知りなのだ。

「師匠《ししょう》の知り合いですか？」

バナッシュさんが口を開くと、マチルダさんはバナッシュさんの頭を押《お》さえつけるように頭を下げさせた。

「失礼をいたしました」

「いいのよ！　それより、バネッテを紹介《しょうかい》させて！　私の娘《むすめ》なの」

「リーレン様の！　それはそれはお初にお目にかかります。マチルダと申します。こちらは弟子《でし》のバナッシュですが、お気に止めるほどの者ではございません」

バネッテ様は慌《あわ》てて頭を下げた。

「こちらのバネッテ様の恋愛《れんあい》相談にのってほしいのです」

マチルダさんはニッコリと笑うとお茶を淹《い》れますねと言って一旦奥《いったんおく》に行き、お茶の用意をして戻ってきた。

「さあ、話を聞きましょう」

マチルダさんが優雅《ゆうが》にお茶を口にするのを見ながら私は話を切り出した。

「バネッテ様がマイガーさんに片想《かたおも》いをしていまして」

マチルダさんは口に含《ふく》んだ紅茶を霧《きり》状に吹《ふ》いてしまった。

「師匠汚《きたな》い！」

バナッシュさんが布巾《ふきん》を探して右往左往している。

「マイガー、ですか？」

右手の甲《こう》で口元を拭《ぬぐ》いながらマチルダさんはリーレン様を見た。

「実はね～」

リーレン様は井戸端《いどばた》会議のノリでこれまでの経緯《けいい》を説明した。

話が終わった時、マチルダさんは頭を抱《かか》えテーブルに突《つ》っ伏《ぷ》していた。

しかも、バナッシュさんが横で笑いを堪《こら》えている。

「馬鹿《ばか》弟子、笑ったら蹴《け》る」

「ちょ、ちょっとトイレ行ってきまーす」

バナッシュさんが急いでトイレに駆《か》け込《こ》んだが、爆笑《ばくしょう》しているのが丸聞こえである。

「戻ってきたらあいつは蹴り上げる」

マチルダさんは大きく深呼吸をすると呆《あき》れたようにバネッテ様を見た。

バネッテ様は何を言われるのか警戒《けいかい》していた。

「とりあえず、バネッテ様はお婆ちゃんスタイル禁止、他の人達には孫だって嘘《うそ》ついとけばいいので、まずそこからやりましょう。いいですね！」

ポカンとするバネッテ様にマチルダさんは腕《うで》を組んで立ち上がった。

「私以上にマイガーのことを解《わか》っている人間はこの世にはいませんのでお任せください」

マチルダさんの言葉に不安そうな顔をするバネッテ様にリーレン様がクスクスと笑った。

「あ、言い忘れちゃっててごめんね。こちらのマチルダはマー君のママさんなの」

リーレン様が思い出したと言わんばかりに告げた言葉に、バネッテ様の顔色が真っ青になった。

私がマチルダさんとバナッシュさんに恋愛相談をしているのもあって連れてきたが、好きな人の母親に相談をするのは駄目《だめ》だったかもしれない……。

「息子《むすこ》のことが好きだという子にアドバイスするなんてなんだか複雑ですが、よくよく考えたら、お似合いだと思うわ。だって、ドラゴン様より生きるかは解らないけど、うちの家系もパートナーが先に死んでしまうことが課題みたいなところがあるからね」

マチルダさんは苦笑いを浮《う》かべた。

「私の母親も今年二百九十七歳《さい》ですが、いまだにピンピンしてますから。それを考えたら似た時間を過ごせる相手を見つけられる方が幸せじゃない？」

マチルダさんはニッコリと笑った。

「息子の幸せのために私はバネッテ様の味方になります」

こうして、マチルダさんが仲間になった。

ようやくトイレから帰ってきたバナッシュさんがお尻《しり》を蹴られていたのを、私は見ていないことにした。


その日から、バネッテ様はお婆さんスタイルをしないようにしている。

元々滅多《めった》に人の来ない地域に住んでいることもあって、お婆さんスタイルを封印《ふういん》しても大した影響《えいきょう》は今のところないみたいだ。

マイガーさんも今までと変わらずに接してくれているらしい。

まあ、それでは駄目なのだが。

学園の昼休み、昼食後殿下を殿下の昼寝場所に呼び出し、気になっていた疑問を殿下に投げかけた。

「マイガーさんがバネッテ様に恋心《こいごころ》がないことに殿下は気づいてらっしゃいますか？」

「は？」

今の反応だけで殿下が理解していないのが解った。

私は殿下にこれまでの経緯を話して聞かせた。

話が終わる頃殿下は頭を抱えていた。

マチルダさんと似た反応である。

「殿下も、協力してくださいますわよね？」

聞けば殿下も頷《うなず》いてくれた。

「はっきり言ってマイガーの場合、気づいてないだけで絶対バネッテ様のことが好きに決まっている。きっかけさえあればいいんだが」

殿下はマイガーさんがバネッテ様を好きだと信じて疑っていないようだ。

「殿下はやっぱり、マイガーさんの弟なのですわね」

しみじみ呟《つぶや》く私に殿下はムッとした顔を向けた。

「弟というのはなんだか納得《なっとく》いかないが……生まれたのは確実にマイガーの方が先だからな。弟で我慢《がまん》してやっている」

私は笑ってしまった。

「笑い話ではない」

拗《す》ねる殿下が愛《いと》しいと思った。

「ユリアス」

「すみません。あまりにも殿下が可愛《かわい》くて」

殿下はすごく嫌《いや》そうな顔をしている。

「……可愛いは褒《ほ》め言葉じゃないぞ」

さらに拗ねたように視線をそらす殿下に私は言った。

「褒め言葉ですわ。現に私は今殿下が愛しくてたまりませんから」

私がそう言えば殿下は周りをキョロキョロと見まわしてから私を抱《だ》きしめた。

「可愛い顔で言えばなんでも許されると思っていないだろうな？」

「可愛いのは殿下ですが？」

「嬉《うれ》しくないと言っているだろ」

「殿下は可愛い殿下は可愛い」

「嫌がらせだ」

私は殿下の胸元《むなもと》に額を擦《す》りつけた。

「大好き」

聞こえるか聞こえないかわからないぐらい小さな声で伝えれば、殿下の抱きしめている手に力がこもった。

「……今のは卑怯《ひきよう》だ！」

悔《くや》しそうな殿下の声が耳元で聞こえる。

ドキドキするからやめてほしい。

しばらく抱きしめ合っていると予鈴《よれい》が聞こえたので、名残惜《なごりお》しいが離《はな》れた。

「いつもいいところで邪魔《じゃま》が入る」

そう言いながらも殿下の顔は幸せそうに見えた。

「この続きはまたいずれ」

「今の言葉忘れないからな」

こうして、殿下もこちら側に引き入れることに成功したのであった。

# 番になりたい人◆バネッテ目線

小さな人間に、恋《こい》をした。
笑っていてほしくて、私のできることは全部やってあげようと思っていた。
だけど何をしてもこの恋は実ることはない。
そう思っていた。
何せ小さな人間には最初から好きな人がいたからだ。
それでも、少しでも近くにいたいと思った。
恋とは苦しいものだと知った。
何度も諦《あきら》めようと思った。
それができないから恋とは厄介《やっかい》なのだ。

喧《やかま》しくドアを叩《たた》く音で、目が覚めた。
嫌《いや》な夢を見た気がする。

めてやってくる。

「ババア開けろ！　妹の熱が下がらねぇんだ」

滅多《めった》に人の来ない場所だが、医者に行けないようなあまりお金の払《はら》えない人間が薬を求めてやってくる。

「うるさいね～診《み》てやるから静かにおしよ！」

私が勢いよく開けるとドアを叩いていた男が妹と思《おぼ》しき女の子を抱《かか》えて立っていた。

「見せな」

呆然《ぼうぜん》とする男を無視して女の子の首筋に手を当てる。

「口開けて、あーって言えるかい？」

弱々しいが言われた通りにする女の子はどうやら風邪《かぜ》をひいているようだ。

「よく頑張《がんば》ったね～すぐ薬を作ってあげるからこれでも食べて待ってな」

私は女の子の開けたままの口の中に飴玉《あめだま》を入れてあげる。

蜂蜜《はちみつ》とハーブの飴だから喉《のど》が少し楽になるはずだ。

「あ、あんた……ここにいた妖怪《ようかい》みたいなババアはどうした？」

妖怪みたいなババアとは失礼だ。

だが、その言葉のお陰《かげ》で、若い姿でいたことを思い出した。

「孫だよ。婆《ばあ》さんが旅行に行ってる間留守を任されたんだ」

マチルダに言われた通りに言えば男も納得《なっとく》してくれた。

「いや～あのババア……じゃなかった、婆さんの孫がこんなに美人とは驚《おどろ》きだぜ。妹を助けてもらったお礼に飯でも奢《おご》らせてくれよ」

「いらないよ。それよりこの子に栄養のあるものを食べさせておやりよ。子どもは国の宝だよ」

私はそれだけ言って奥《おく》の調合台に薬を作りに行った。

それからというもの、やたらと人がやってくるようになった。

「大したことないやつらは今すぐ帰りな！」

「な～バネッテがデートしてくれたらこの動悸《どうき》も治ると思うんだ」

「俺も俺も」

はっきりいって面倒《めんどう》だ。

「そんなことじゃ病気は治らないよ！　あんまり酷《ひど》いようなら医者に行きな」

面倒すぎて婆さんの姿に戻《もど》りたい。

「婆ちゃん、遊びに来たよ？」

マー坊《ぼう》が遊びに来てくれたというのに今は忙《いそが》しい。

「悪いね。今混んでいるんだよ」

マー坊はしばらく黙《だま》って状況《じょうきょう》を見てからため息をついた。

「なら手伝う」

「助かるよ」

マー坊は元気そうな男達をテキパキと外に連れ出してくれた。

それだけでもだいぶ楽になった。

冷やかし以外の薬を取りに来ていた人達は私にニコニコと笑いながら言った。

「バネッテちゃんのお婆ちゃんの薬は本当によく効くからありがたくて。だからここで薬を売ってくれて本当に助かってるんだよ」

近くに住む大家族の母親には薬を売ったりお菓子《かし》を作って持っていったり、おかずを作りすぎたと持ち寄ったりしていた。

それもあってか、ご近所の奥さん達は何かあれば私を頼《たよ》ってくれるようになっていた。

「お婆ちゃんはいつ帰ってくるの？」

小さな子どもも私のことをお菓子をくれる人だと思っているに違《ちが》いない。

ようやく人がいなくなり、手伝ってくれたマー坊にお茶とお菓子を出してあげた。

「婆ちゃんは婆ちゃんの姿でいた方がいいよ！　変な男達が寄ってきて嫌でしょ！」

なんだか不機嫌《ふきげん》なマー坊に嫉妬《しっと》してもらえたような気がして嬉《うれ》しくなってしまった。

「ちょっとある人から若い姿でいるように言われててね」

「誰《だれ》そいつ！　婆ちゃんが危険な目にあったらどうすんの？」

心配してくれているのが解《わか》ってやっぱり嬉しい。

「マー坊、私はドラゴンだよ。人間なんかにどうこうされたりしないよ」

実際、相手を大怪我《けが》させるイメージができる。

「そうかもしれないけど……」

マー坊は不貞腐《ふてくさ》れた顔だ。

「それ言ったのって婆ちゃんの好きな人？」

「違うよ」

「その人は婆ちゃんを幸せにしてくれんの？」

マー坊はクッキーを三枚重ねて口に入れた。

私はお茶のお代わりを淹《い》れながら言った。

「さあ、どうだろうね。ただ、一緒《いっしょ》にいるだけで私は幸せな気持ちになるよ」

「ふ～ん」

私はマー坊の頭を乱暴に撫《な》でた。

「ちょっと、婆ちゃん何？」

「何拗《す》ねてるんだい」

「別に～」

マー坊は口を尖《とが》らせていたが、私に頭を撫でさせてくれた。

こういうところが可愛《かわい》くて困る。


若い姿でいるようになってお嬢《じょう》さんもよく家に来るようになった。

お嬢さんがいる間はいつも来る冷やかしの男達もサボっていると思われたくないのか、家に寄りつかなくなる。

なんとも便利な人だ。

「頭痛はよくなったのかい？」

「はい。バネッテ様のお陰ですわ」

顔色も悪くないから嘘《うそ》をついているわけではないのだろう。

ハーブティーを淹れながらお嬢さんを見れば、お嬢さんは私の方を見ながら何か描《か》いていた。

「何を描いてるんだい？」

「バネッテ様は美しいので、創作意欲が湧《わ》くのです！　私の店は可愛い系の服や靴《くつ》が多いので、今度新しいブランドを立ち上げようと考えていて。そのブランドはセクシー系にしようと思っているんです」

「で、なんで私の家で新ブランドの構想を練ってるんだい？」

お嬢さんはニッコリ笑った。

「バネッテ様に着せたい服や履《は》かせたい靴を描いているからですわ」

なんだかお嬢さんの笑顔《えがお》が怖《こわ》い気がする。

「勿論《もちろん》モデルをしてくださいますよね？」

何故《なぜ》モデルをすることになっているのか？

だが、逆らってはいけない気迫《きはく》を感じる。

「ちなみに今は何を描いてるんだい？」

「ハイヒールです！　コンセプトは〝踏《ふ》まれたいほどセクシーな靴〟ですわ」

それは、売れるのか？

「ちなみにマイガーさんは買ってくれると思います」

何故マー坊が？

私が首を傾《かし》げると、お嬢さんはニコニコと笑《え》みを深めた。

「……マイガーさんはセクシー系が好きなはずですから」

何かを誤魔化《ごまか》された気がするのは考えすぎだろうか？

「そんなことよりバネッテ様は赤も黒も似合いそう！　カラーバリエーションは原色に近いもので考えたいですわね」

あからさまに話をそらした気がする。

「モデルなんてママに頼《たの》めばいいじゃないか」

私の言葉にお嬢さんは慈愛《じあい》に満ちた笑顔で言った。

「リーレン様も美しい方です。ですが、娘《むすめ》さんが異種族に恋をしたために姿をくらませ、何処《どこ》にいるかも解らない状況に心を痛めてらした姿を見てましたので、お仕事を頼むなんて……姿をくらませ心配ばかりかけたバネッテ様にはそれ相応の代償があってよろしいのでは？」

「代償？」

「勿論、慰謝料請求《いしゃりょうせいきゅう》いたします」

私はゆっくり首を横に振《ふ》った。

言い返した私を気にもとめずに続けた。

「慰謝料請求できるのはママだろ」

「そうです。リーレン様はバネッテ様を心配して泣いてらしたのですから」

そう言ってお嬢さんは私に自分のつけているイヤリングとネックレスを見せた。

それは〝ドラゴンの涙〟だった。

「ママが泣いたの？」

それを見て私は自分の行いを反省した。

「それに、私もストレスで円形脱毛症《だつもうしょう》になりました！　ちょっとモデルをするぐらいの慰謝料を請求してもバチは当たりませんわ！」

お嬢さんは首の近くの髪《かみ》をかき分けて見せた。

確かに小さな円形のハゲができている。

恨《うら》めしそうに見るお嬢さんに逆らえるやつが何処にいる？

「モデルをやれば満足なのかい？」

お嬢さんはこれ以上ないってほど美しい笑顔を作った。

「はい！　とりあえずは」

これは、絶対に満足していないやつでは？

その日、私は敵にまわしてはいけない人間がいることを知った。

はじめての……王子殿下目線

俺の婚約者《こんやくしゃ》は日に日に可愛《かわい》くなっている。

特に俺に向ける照れたような笑顔《えがお》は本当にたまらなく可愛い。

独《ひと》り占《じ》めしたいと思ったって仕方ないし、その権利を俺は持っている。

婚約者なんだから、持っている。

持っている……はずだ。

それなのに、独り占めするためにデートに誘《さそ》えば必ず仕事の視察のようになったり、ユリアスの商魂《しょうこん》にダイレクトアタックしてくる素材や品物を見つけて人が集まってくる。

独り占めしたいとこんなに思っているのにだ。

二人きりで過ごすことがこれほど難しいというのはどういうことだ？

むしろ、ユリアスの元婚約者であるラモールの浮気《うわき》の証拠《しょうこ》集めをしていた時の方が二人きりになれていたのではないだろうか。

なんだか悲しくなってきた。

この前、デート用にお洒落《しゃれ》したユリアスは本当に可愛かった。

ドラゴンと出会《でくわ》すなんて、天災みたいなことが起きることを想像すらしていなかった。

あれから二人きりになれていない。

ユリアスが常にドラゴンと一緒《いっしょ》にいるからだ。

ユリアスは俺の婚約者なのに。

執務室《しつむしつ》の自分の机に突《つ》っ伏《ぷ》す。

ユリアスの婚約者になれて、可愛い顔をたくさん見せてくれるようになってから、だいぶ欲張りになってしまった。

前は笑ってくれるだけで幸せな気持ちになれていたのに、今は俺の横で笑っていてほしいと思うのだ。

その時、執務室にノックの音が響《ひび》いた。

入室の許可を出せば、今一番聞きたい彼女の声がした。

「殿下《でんか》、少し休憩《きゅうけい》いたしませんか？」

手に差し入れらしきバスケットを抱《かか》えたユリアスが入ってきた時は抱《だ》きしめてしまいたい気持ちになった。

「今日は、一人か？」

「はい。少し殿下とお話がしたくて」

俺の婚約者が可愛くて辛《つら》い。

「君はいつからそんな可愛いことを言うようになったんだ?」

「何を言ってるんですの? 私はバネッテ様のお話がしたくて来たんですわ」

少し顔を赤らめて可愛い反応をしたのに、またドラゴンの話なのか?

テキパキとお茶とお菓子《かし》の用意をしながらユリアスはゆっくりと話し始めた。

「色々とマイガーさんがバネッテ様を意識してくれるのではと思うことを試《ため》してみたのですが、私では男性の気持ちはまだ勉強不足でして……。そこで殿下にアドバイスをいただけたらと思っているのですが」

何故《なぜ》他の男の機微《きび》を俺に聞く?

せっかく二人きりになれたのに考えるのは他の男のことなのか?

最近の激務も相まってイライラする。

「君はいつからお金にならないことをするようになったんだ?」

ユリアスの淹《い》れてくれたお茶を飲んだ瞬間《しゅんかん》、何を言ったのかを自分で理解した。

ユリアスに視線をうつせば信じられないものを見るような目で俺を見ていた。

これは駄目《だめ》だ。

「ユリアス、あの、違《ちが》……」

ユリアスはキッと俺を睨《にら》んだ。

「殿下は私がお金以外のことを考えていないと思っているのですね」

「違うんだ、そうじゃなくて」

「気分が優《すぐ》れないので……失礼いたします」

目に涙《なみだ》を浮《う》かべたユリアスは俺の伸《の》ばした腕《うで》から逃《に》げるように執務室を出ていってしまった。

自分の口から出た最低な言葉に今すぐ死んでしまいたい気持ちになり、一歩も動けなかった。

なんであんなことを言ってしまったんだ？

考える必要もない。

ただの嫉妬《しっと》だ。

ただの嫉妬でユリアスを傷つけてしまった。

自分の愚《おろ》かさに吐《は》き気《け》すらする。

目の前が真っ暗になり俺は執務室のソファーに腰《こし》かけた。

俺は最低だ。

大事な婚約者を泣かせてしまった。

絶望の中、執務室のドアが開いたのが解《わか》った。

ユリアスが戻《もど》ってきてくれたのかと思って顔を上げると、マイガーがキョトンとした顔でこっちを見ていた。

「あれ？　お嬢《じょう》は？」

その言葉に心臓を抉《えぐ》られた。

「ユリアスが朝から殿下に差し入れをすると言って早起きしてお菓子を焼いていたのですが、こちらに来ませんでしたか？」

マイガーの後ろにいたローランドの言葉は俺に止《とど》めを刺《さ》した。

俺は二人の前で土下座した。

「俺は最低だ。殺してほしい」

俺を殺してくれるのはこの二人しかいないと本気で思った。

「殿下？　何があったのです？」

俺の土下座にローランドが慌《あわ》てて駆《か》け寄《よ》り、俺の背中をさする。

「話してくれよ兄弟」

マイガーも優《やさ》しく笑ってくれる。

俺は二人に優しくしてもらえるような立場ではない。

そうだ、早く話して殺してもらおう。

俺はさっきの出来事をマイガーの名前を出さず、ドラゴンの話ばかりで嫉妬したと説明し、最低な言葉を吐いた上、ユリアスを泣かせてしまったことをちゃんと話した。

話を聞いた二人は何故か黙《だま》り込んだ。

ボコボコに殴《なぐ》られる覚悟《かくご》で言ったせいで拍子《ひょうし》抜《ぬ》けもいいところだ。

「ユリアスの兄としては今すぐ城の天辺《てっぺん》から突《つ》き落《お》としてしまいたい話ですが、僕もマニカ様としばらく会えない中、久しぶりに会って他の人間の話などされたら嫉妬で何をするか自信はありません」

何かとはなんだ？

俺の幼なじみに酷《ひど》いことをしてくれるなよ。

……人のこと言えた義理ではないが。

「とりあえず早く謝《あやま》った方がいいよ」

マイガーが苦笑いを浮かべる。

お前のせいだと言ってやりたい。

だが、言ってしまったらユリアスの計画を邪魔《じゃま》することになる。

今は口が裂《さ》けても言えない。

「ユリアスを捜してくる」

俺が立ち上がると、ローランドはニッコリと笑った。

そして、ゆっくりと言った。

「良い心がけですが、仕事が溜《た》まっているので殿下をここから出すことはできません」

「はぁ？」

「マイガー、やれ」

ローランドの言葉にマイガーが俺を椅子《いす》に縛《しば》りつける。

「ごめんよ兄弟、俺、若様怖《こわ》いから逆らえないんだ」

「ふざけるな」

ローランドがいい笑顔を俺に向ける。

「ふざけるなはこちらの台詞《せりふ》です。最近ユリアスを膝《ひざ》に乗せたりイチャイチャしすぎなんですよ。しばらく距離《きょり》をとるというのもいいのではないですか？」

ローランドは俺の味方ではないことが今ハッキリ解った。

「マイガー」

助けを求めるようにマイガーを見ればいい笑顔を向けられた。

「お嬢は俺がちゃんと慰《なぐさ》めておくから心配しないで！」

こいつも敵だった。

そう思ってもすでに椅子に縛られているせいで動けない。

そんな俺に手を振《ふ》るとマイガーは執務室を出ていった。

「仕事が終わったら解いて差し上げます。さぁ、キビキビ働いてください」

ローランドは口元をニンマリと引き上げた。

悪魔《あくま》だ。

俺はその時、ユリアスを傷つけてしまうと死ぬよりも辛い目にあうことを実感したのだった。

逃げても解決いたしません

殿下《でんか》と喧嘩《けんか》した。
朝から殿下のことだけを考えお菓子《かし》を焼いた自分が馬鹿《ばか》みたいだ。
殿下に会いたい一心で周りが見えていなかったのだ。
殿下はいつもとなんだか雰囲気《ふんいき》が違《ちが》った。
忙《いそが》しいのにやってきて、面倒《めんどう》な話をする私にイライラしたのだろう。
『君はいつからお金にならないことをするようになったんだ？』
そう言われて、頭に血が上って急激に下がった。
普段《ふだん》の殿下なら女性に対して嫌味《いやみ》なんて言う人ではない。
イコール、私が言わせてしまったのだ。
殿下の執務室《しつむしつ》の机の上は書類でいっぱいだった。
疲《つか》れていて、冗談《じょうだん》のつもりで言ったのかもしれない。
言った瞬間《しゅんかん》、殿下は後悔《こうかい》した顔をしていた。

言うつもりのない言葉を私が言わせた上に、その嫌味を真に受けて怒《おこ》ってしまった。

殿下にあんな顔をさせたのが自分だと思ったら涙《なみだ》が溢《あふ》れた。

泣くなんて、心配してくれと言っているようなものだ。

そして絶望で今にも倒《たお》れそうな顔の殿下を、私は一人置いてきてしまったのだ。

追いかけてこないのも、冗談の通じない私に呆《あき》れてしまったからに違いない。

こんな面倒くさい女、嫌《きら》われてしまっても仕方がない。

そう思った瞬間涙が止まらなくなった。

私ばかり殿下を好きで困る。

謝《あやま》れば許してもらえるのだろうか？

私ならこんな面倒なやつもういらない。

涙のせいで正常な判断ができなくなっている。

「ユリちゃん？」

涙でボロボロの顔を、声のした方に向ける。

「ユリちゃん！　どうしたの！　あらあらまああ、誰《だれ》に何をされたの？　おばちゃんが氷像にしてあげる！」

リーレン様の物騒《ぶっそう》な言葉を理解する前に、近づいて気遣《きづか》ってくれる彼女に抱《だ》きついてしまった。

「ちょっとゆっくりできるところで話しましょう！」

リーレン様はそう言うと私を軽々とお姫《ひめ》様抱っこして走り出した。

連れていかれたのは王妃《おうひ》様のプライベートルームで、今にも人を殺してしまいそうな顔の王妃様と国の一つでも滅《ほろ》ぼしそうな金色の目をしたリーレン様と何故《なぜ》か青い顔で小さくなってテーブルの端《はし》にいる国王陛下が私の話を聞いてくれた。

「あらあらまあまあ、犯人はルーちゃんだったの〜」

ボキボキと指を鳴らすリーレン様の目はさっきから金色でギラギラしている。

「あの子ったら一回死んじゃった方がいいんじゃないかしら〜」

王妃様も今にも折れそうなほど扇《おうぎ》を両手でしならせている。

「まあまあ、ルドニークにも何かあったのかもしれないだろ？」

「『陛下はどっちの味方なのかしら？』」

リーレン様と王妃様に睨《にら》まれ国王陛下は口をつぐんだ。

「私が悪いのです。お忙しいと解《わか》っていたのに相談しに行くなど。面倒だと思われて当然です」

殿下なら許してくれると安易に思って、望む反応を返してくれないからと泣くなんて最低だ。

私が落《お》ち込《こ》む中、リーレン様と王妃様がわざわざ私の横に来て背中をさすってくれた。

「それにしたって言い方ってものがあるでしょ！　ねぇ、陛下」

「はい」

リーレン様の威圧《いあつ》感に陛下の顔色は真っ青だ。

「デリカシーって言葉、うちの子は知らないのかしら？　ねぇ、陛下」

「はい」

威圧感はリーレン様だけでなく王妃様からも出ている。

「ワシ、ひとっ走りしてルドニークを連れてくるから、煮《に》るなり焼くなり馬にくくりつけて引きまわすなりするといい！」

そう言って爽《さわ》やかな笑顔《えがお》を私に向ける陛下の顔はやはり青い。

「いえ、大丈夫《だいじょうぶ》ですわ」

これ以上私のために殿下の時間を割《さ》いてもらうわけにはいかない。

「ルドニークの顔を見るのも嫌か！」

違うと言いたいのに、陛下は解ってる解ってると言って私に話させてくれない。

「大事な婚約者《こんやくしゃ》が泣いているのに追いかけてこない薄情《はくじょう》な男なんか会ってやることはない！」

陛下は豪快《ごうかい》に笑ったが、私の目からはさらに涙が溢れた。

大事な婚約者が泣いているのに追いかけてこないのは、大事ではないから？　自分の日頃《ひごろ》の行いを改めて考えてみれば、大事な婚約者に思われているとは到底《とうてい》思えるわけがなかった。

「ち、ちょっと陛下！　なんてことを言うの！」

リーレン様の怒気《どき》が伝わってくる。

「ルドニークのデリカシーのなさは貴方譲《あなたゆず》りだったみたいですわね～。余計なことを二度と口にできないよう針と糸を侍女《じじょ》に持ってこさせましょうね」

「へ？」

「だって、縫《ぬ》いつけないと余計なこと言うんでしょ？」

王妃様が国王陛下の唇《くちびる》を右手で摑《つか》んだ。

国王陛下は首を横にプルプル振《ふ》る。

「じゃあ、部屋の隅《すみ》に座《すわ》って反省していてくださいませ」

陛下は考えることを放棄《ほうき》したのか、部屋の隅で正座し始めた。

この国で一番偉《えら》いのは王妃様なのかもしれない。

「そうだわ！　ルドニークのことだから、ローランドに貴女《あなた》を泣かせてしまったことを報告して、ボコボコにされているのかもしれないわ！」

ありうるかもしれない。

お兄様ならやりそうだし、殿下なら甘《あま》んじてそれを受けそうだ。
私は心配になり立ち上がった。
「私、殿下が無事か見てきますわ」
泣いている場合ではない。
私は殿下が心配で走り出した。
後に残された三人が優《やさ》しく笑っていたことにも気づかずに。

俺の兄弟♦マイガー目線

俺の兄弟のルドが俺の大事なお嬢《じょう》を泣かせた。

ハッキリいってボコボコ案件だ。

でも、ルドの今にも死にそうな顔を見たら殴《なぐ》らない方が辛《つら》いだろうと解《わか》った。

あれは罰《ばつ》を与《あた》えてほしい顔だ。

お嬢を傷つけたんだ、思い通りになんかしてやらない。

とりあえず、ルドを椅子《いす》に縛《しば》りつけて俺はお嬢を捜《さが》すことにした。

しばらく城中を捜しまわったが見つけることができず、店か屋敷《やしき》に戻《もど》ってしまったんじゃないかと思いながら中庭に差しかかると、空から天使が舞《ま》い降《お》りた。

いや、あれは婆《ばあ》ちゃんだ。

緑色の羽を背にした若い姿の婆ちゃんは本当に神話に出てくる女神《めがみ》様のようだった。

「婆ちゃん！」

思わず声をかけて手を振《ふ》った。

「マー坊《ぼう》」

地上に降り立った瞬間《しゅんかん》、緑色の羽はサラサラと砂のようになって消えた。

「婆ちゃん何その羽！　格好いい！」

「ドラゴンは飛ぶ生き物だからねぇ。羽だけ人化を解けばできるんだよ」

さっきの姿はどう見てもドラゴンというより天使みたいだった。

「それより、どうしたの城になんか用？」

高いヒールの似合いそうなスタイル抜群《ばつぐん》の美人なのに、ペッタンコのサンダルをペタペタいわせている姿はなんだかバランスが悪い。

今度、俺が全身コーディネートしようと決めた。

「ママが一緒《いっしょ》にお茶しようって、マー坊こそなんでいるんだい？」

「俺はルドの手伝い。あ、リーレン様のところにお嬢いるのかな？」

リーレン様のところはまだ行っていないから、もしかしたらいるのかもしれない。

「お嬢さんがどうかしたのかい？」

「ルドがお嬢を泣かしたんだ」

その瞬間、婆ちゃんの綺麗《きれい》な若草色の瞳《ひとみ》が金色になった。

瞳の色が変わるのを今までに見たことがなかったからすごく驚《おどろ》いた。

「あのお嬢さんが泣くだって？　どんな酷《ひど》いことをされたんだい？」

婆ちゃんから放たれる威圧感《いあつ》に喉《のど》が詰《つ》まる。

これがドラゴンの力。

「マイガーさんにバネッテ様！」

婆ちゃんの威圧感が消えたのと、お嬢の声が聞こえたのは同時だった。

「お嬢さん、泣かされたって聞いたよ！」

「あ、ああ、それは……はい。あまりにも自分が不甲斐《ふがい》なくて」

お嬢の言葉に俺はさらに驚いた。

「はぁ？　お嬢は微塵《みじん》も悪くないじゃん！」

「いえ。殿下《でんか》はお忙《いそが》しい方なのに甘《あま》えた上に、冗談《じょうだん》で言った言葉を真に受けて泣いたりして……殿下にあんな辛そうな顔をさせてしまいました」

ルドはただの嫉妬《しっと》で酷いことを言ったって後悔《こうかい》してた。

お嬢はお嬢で後悔してる。ルドの顔を見て自分が傷つけたと思っている。

なんだその喧嘩《けんか》、早く仲直りしなよ。

「ルドがお嬢を捜しに行こうとしたのを、俺が若様に言われて椅子に縛りつけて邪魔《じゃま》しちゃったんだ。ごめんねお嬢」

俺が謝《あやま》れば、お嬢は目をパチパチさせてから困った顔をした。

なんでそんな顔するんだよ。

「いいえ。捜そうとしてくださったのが解ってほっとしました。呆《あき》れられて嫌《きら》われてしまったかと思ったので」

「それは無い。あいつ、もう死んじゃいたいってぐらい後悔してたよ」

お嬢はさらに困ったように、眉《まゆ》を下げた。

「死んでしまわれては、私が困りますわ」

「なら、早く仲直りしないと！　それでなんであんなこと言ったのかも聞いてあげて。馬《ば》鹿《か》な理由だからぶん殴《なぐ》っていいよ」

本当に二人は世話がやける。

俺の大事な二人なんだから、仲良くしてくれなきゃ困るよ。

「マイガーさん、ありがとうございます」

お嬢は俺にお礼を言い足早に去っていった。

「お嬢さんは大丈夫《だいじょうぶ》なのかい？」

立ち去るお嬢の背中を心配そうに見つめる婆ちゃんに俺は笑顔《えがお》を向けた。

「大丈夫、ルドはお嬢が思ってる以上にお嬢が大好きで、お嬢もルドが大好きだから」

「マー坊もだろ？」

俺の好きはそういうのとは違《ちが》うんだって最近気づいたんだよね。

「辛くないのかい？」

心配そうに俺の頭を撫《な》でる婆ちゃん。

「辛くないよ。でも、ありがとうね」

そう言ったのに婆ちゃんは頭を撫でるのをやめないし、なんなら抱《だ》きしめてもくれた。

こんなに俺のこと大事にしてくれる人、婆ちゃん以外にいない。

甘えたい時に甘やかしてくれる。

調子にのって抱きしめ返したら慌《あわ》てて離《はな》れようとした。

真っ赤な顔でオロオロして、すごく可愛い。

しまいには俺の頰《ほ》っぺたをつねり出した。

「なんて顔さはてるんだい！」

頰っぺたつねられるのって俺からしたらご褒美《ほうび》だよ。

思わずにやけた顔してしまう。

シワだらけの婆ちゃんでは、あまり解らなかった表情の変化が解って、めちゃくちゃ可《か》愛《わい》い。

婆ちゃんは知らない。

お嬢とルドがどんどん仲良くなる中、俺のお嬢に対する好きはルドに対する好きと一緒だってことに気づいた。

そして、婆ちゃんに対する好きは全然違う特別な好きって感情だってことも。

若い姿でなくても、婆ちゃんの反応はすごく可愛い。

見た目若造の俺が、見た目年寄りの婆ちゃんのこと好きだって言ってもからかってるとしか思われないから、死ぬまで一緒にいるために孫みたいに看取《みと》るまで面倒《めんどう》見ようと思ってたんだ。

俺がバンシーの血族だから年齢《ねんれい》とか関係ないのかな？　って悩《なや》んだりもしたのに。

若くなれるとかマジでなんなの？

余計なやつらが婆ちゃんの可愛さに気づいちゃうじゃん。

「マー坊、ちょっと！　離れろ！」

「婆ちゃん顔赤いよ？　大丈夫？」

「……大丈夫だよ！　だから、離しておくれ」

婆ちゃんは俺だけのものなのに。

でも、婆ちゃんは俺の愛なんて信じてくれていない。

まあ、仕方ないと思う。

婆ちゃんは俺がバンシーの血族だって知らなかったし、見た目がお婆ちゃんだったから惚《ほ》れるなんて考えてないんだ。

でも、俺だって感情のオーラぐらいちょっとだけ感じることができる。

この人は今、負の感情を持っているとか好意的だとか。

婆ちゃんはいつでも好意的な感情を俺に向けてくれる。

そんなのずっと一緒にいたいって思うに決まってる。

だから、気長に俺の好きを自覚させればいい。

「婆ちゃん、大好きだよ！」

抱きついたままそう言えば、婆ちゃんは顔をこれでもかって赤くして、俺の顔面を掌《てのひら》で叩《たた》いた。

地味に鼻が痛いけど、嬉しい。

「からかうんじゃないよ！」

そう言いながら今度は俺のオデコをテシテシと叩く。

この、大した痛みのない攻撃《こうげき》も、たまらなく愛《いと》しい。

俺がどれだけ婆ちゃんを大事に思ってるか、これからゆっくり解らせてやる。

覚悟《かくご》しといてね婆ちゃん。

俺はそんなことを考えながら、婆ちゃんとの二人きりの時間を噛《か》みしめたのだった。

# 謝罪します

私は殿下《でんか》の執務室《しつむしつ》へ急いでいた。

殿下は私を追いかけようとしてくれていたという事実に、ちゃんと会って謝《あやま》らなくてはならない。

絶対に嫌《きら》われたくない人なのだから。

私が執務室の近くまで来ると、兄の声が聞こえてきた。

「僕はこの書類を届けてきます」

「縄解《なわほど》いてから行け！」

「不備があったら直していただかなくてはなりません。今しばらくお待ちください」

どうやら殿下は一人になったようだ。

私は兄の姿が見えなくなるのを待ってから執務室に入った。

いつもなら入室の許可をもらうが、今はそんなことを気にしてはいられない。

私がノックもなく執務室に入った瞬間《しゅんかん》、殿下が大きく目を見開いた。

「殿下、あの」

その時、ぶちぶちと異様な音が響《ひび》いた。

何事かと思えば、殿下が素手《すで》で縄を引きちぎる音だった。

怒気《どき》というか狂気《きょうき》にも似た気迫《きはく》に喉《のど》が詰《つ》まる。

殿下は全ての縄を引きちぎると、私に向かってきた。

怖《こわ》い。

もういらないから出ていけと言われてもおかしくない状況《じょうきょう》である。

殿下が私の目の前に来る。

思わず目をギュッとつぶった。

「すまなかった」

謝罪の言葉に何が起こったのかとゆっくり目を開けると、殿下は私の足元で土下座をしていた。

目の前の光景の意味が解《わか》らず呆然《ぼうぜん》としてしまう。

「俺が、変な嫉妬《しっと》をしたせいで、ユリアスを泣かせてしまった。どんなに謝っても許してもらえないかもしれない。それでも……何度でも謝るから、婚約破棄《こんやくはき》だけは許してくれないだろうか？」

殿下の言葉に私は首を傾《かし》げた。

「こんな面倒《めんどう》な女、嫌《いや》ではないのですか？」

「ユリアス以上の女を俺は知らない」

何を言ってるんだこの人。

「殿下の言葉に腹を立て、ヒステリックで面倒な女だったはずですが」

「あれは怒《おこ》って当然の言葉だった。俺がユリアスの口から他の男の話を聞きたくないばかりに、いじけた情けなくて最低な言葉だった。二度と言わないと誓《ちか》う」

ああ、この人は思っている以上に私に感情を振《ふ》りまわされているのだ。

私は殿下の前にしゃがんだ。

「私こそ、殿下が忙《いそが》しい人だと解っているのに調子に乗って甘《あま》えてしまいごめんなさい」

殿下はしばらく私を見つめてからポツリと言った。

「甘えてたのか？」

「殿下以外に愚痴《ぐち》や相談ごとを気軽にできる相手なんていません。そのせいで不快に思われたのでは？」

殿下は困ったように眉《まゆ》を下げた。

「違《ちが》う。俺が勝手に嫉妬しただけだ」

最近、私と殿下はゆっくり二人で話せていないから感情がすれ違ってしまったのかもしれない。

好きという気持ちは一緒《いっしょ》なのに、こんなことになるのは本当に不思議だ。

「殿下は、〝いつからお金にならないことをするようになったんだ〟と聞きましたよね？」

殿下の顔が絶望に変わる。

「その答えは、殿下を好きになってからですわ。ドラゴン様達は王族に加護を与《あた》える王族の家族です。私は殿下を好きになったから殿下の家族と仲良くなりたくてお金にならなくても何か協力したいと考えたんです。こんな答えではいけませんでしょうか？」

私の言葉を聞いて、殿下は困ったような辛《つら》いような表情を複雑に変え、そして最後に幸せそうに笑った。

私の答えを気に入ってもらえたようで安心して私も笑顔《えがお》を返した。

すると殿下は勢いよく立ち上がり、私の手を引いて私も立ち上がらせ力強く抱《だ》きしめた。

「醜《みにく》い嫉妬をぶつけて、すまなかった」

私は首を横に振《ふ》って殿下の胸に、額をのせた。

「私こそ、感情的になってしまい、申し訳ございませんでしたわ」

恥《は》ずかしくて顔を隠《かく》しているのに、殿下に顎《あご》を上に向かされる。

蕩《とろ》けるような笑顔で殿下は私の唇《くちびる》を、親指でなぞる。

「キスしても？」

私が反応する前に執務室のドアが開いた。

「何をしているんですか殿下」

「ローランド、空気を読んでくれ！」

殿下の叫《さけ》びも虚《むな》しく、お兄様は殿下の手から私を奪《うば》い取《と》ると言った。

「こんなカス野郎《やろう》と仲直りなどしなくていい！」

お兄様が私を心配しているのは解っているが、仲直りはちゃんとさせてほしい。

「頼《たの》む、あと十分でいいから二人きりにしてくれ！」

殿下が必死に頼むが、お兄様は変態を見るような目を殿下に向けた。

「その十分で妹に何をする気ですか？　汚《けが》らわしい」

「変なこと考えてるローランドの方が汚らわしいだろ！」

お兄様はフンっと鼻を鳴らした。

「僕が、書類を届けて戻《もど》ってくるまでの間にユリアスに手を出そうとした人に言われたくありませんが」

殿下はグッと息を呑《の》んだ。

「反論できますか？」

殿下は悔《くや》しそうに口をつぐんだ。

「さあ、新しい書類を預かってきましたので椅子《いす》に座《すわ》ってください」

殿下は渋々《しぶしぶ》椅子に座った。

「私、お兄様の淹《い》れたお茶が飲みたいですわ」

私はニコニコしながらお兄様におねだりした。

「そうだな、ユリアスの持ってきたお菓子《かし》もあるし、少し休憩《きゅうけい》にするか？」

お兄様の言葉に拗《す》ねている殿下はぶっきらぼうに好きにしろと、言った。

お兄様は私の頭を軽く撫《な》でるとお茶を淹れに執務室の奥《おく》にある給湯室に向かった。

お兄様が奥に行くのを見送ると殿下の不貞腐《ふてくさ》れた声が聞こえた。

「君はローランドにも甘えてるじゃないか」

私は書類の整理を始めてしまった殿下に近づいた。

「ルド様」

殿下を愛称《あいしょう》で呼べば、私を見てくれた。

そのまま殿下の唇に自分の唇を重ねた。

そして、ゆっくりと顔を離《はな》してから言った。

「だって、こうでもしなくては続きができそうにありませんでしたので」

殿下は両手で顔を覆《おお》った。

「君はいつからそんなテクニックを覚えたんだ？」

「勿論《もちろん》、殿下を好きになってからですわ」

殿下は顔を覆ったまま天を仰《あお》いだ。

「可愛《かわ》いすぎる」

すぐにお茶を淹れて戻ってきたお兄様に殿下はどうしたのか聞かれた。

「私がいじめてあげました」

「流石《さすが》僕の妹だ！　もっとやっていいぞ」

まさか私からキスしましたとも言えなかったのだが、もっとしていいと言うので私は笑顔で頷《うなず》いた。

「本気か？　最高かよ」

顔を覆った殿下が何かを呟《つぶや》いていたが、私とお兄様の耳には届くことはなかった。

# 気長にゆっくりなんて許しません

最近マイガーさんの機嫌《きげん》がとっても悪い。

「どうかしましたか？」

聞けば口を尖《とが》らせ不満そうに、別に～と言う。

あれは不満のある顔である。

「言ってくださらないと、改善のしようがありませんわ！」

その日、できるだけ強く言ってみた。

「じゃあ、言わせてもらうけど、あれ何！」

それは、私の店『アリアド』の新ブランド『パフュームドラゴン』のコーナーに飾《かざ》られた新しいポスターだ。

背中が大胆《だいたん》に開いたドレスを着たモデルが後ろ姿を見せているポスターだ。

「素敵《すてき》ですわよね？」

「すっごい素敵だけど！　なんで婆《ばあ》ちゃんがモデルなの！」

私は思い出すように斜《なな》め上を見つめてから言った。

「似合うからですわ」

「解《わか》る！　解るけど！」

マイガーさんは不機嫌な顔で言った。

「婆ちゃんに変な虫がついたらどうしてくれんの？」

私は首を傾《かし》げた。

だってポスターは白黒で、バネッテ様の特徴《とくちょう》的な緑の髪《かみ》色も黒にしか見えないし、なんなら髪型《かみがた》すら変えている。

「バネッテ様だと気づく人は少ないと思いますが？」

「あんな綺麗《きれい》な背中見ればすぐ気づくでしょ？」

いやいや、解らないと思う。

だってバネッテ様はファッションには疎《うと》くて、今もお婆さんの時と同じ魔女《まじょ》のような真っ黒のローブ姿なのだから。

「そういえばマイガーさんはバネッテ様の背中を見たことがおありですの？」

「直接見なくても骨格である程度解るよ」

流石《さすが》に私でも解りませんけど？

「ただでさえ美人で優《やさ》しい薬屋だって評判になりすぎて、薬じゃなくて婆ちゃん目当ての男が増えてるっていうのに！　やっぱり婆ちゃんは老人の姿のままでよかったんじゃない？」

「ですが、バネッテ様は好きな人に意識されたくて本来の姿で生活することを決めたのです」

私の言葉にマイガーさんはピクリと反応した。

「お嬢《じょう》はその婆ちゃんの好きな人知ってるの？」

「え？」

目の前にいますけど？

「ねぇ、お嬢知ってるなら教えてよ」

「何故《なぜ》知りたいのか聞いても？」

マイガーさんはさらに不機嫌そうだ。

「だってそいつ、俺から婆ちゃんを奪《うば》うかもしれないんだろ！」

……その独占欲《どくせんよく》は恋《こい》なのでは？

「奪うかもしれないですが……邪魔《じゃま》する権利は今のマイガーさんにはありませんよね？」

私の言葉にマイガーさんが驚《おどろ》いた顔をした。

「ないの？」

「ないですよね？　だってマイガーさんはバネッテ様の血の繋《つな》がった家族でもなければ恋

人でもないんですから」

マイガーさんは頭を抱《かか》えた。

「血の繋がった家族にはなれませんが、恋人にはなれるのでは？」

項垂《うなだ》れるマイガーさんにそう言えばマイガーさんは頬《ほお》を膨《ふく》らませた。

「俺、恋人になったら重いよ」

「え？」

「たぶん、婆ちゃんに引かれて逃《に》げられる自信があるんだけど？」

それは、かなりバネッテ様を好きってことなのでは？

「婆ちゃんがすぐに死なないって解ったし、ゆっくり仲良くなれればいいと思ってるんだけど？　ダメかな？」

「そうしている間に他の男性に奪われてもいいのですか？」

マイガーは苦虫を嚙《か》みつぶしたような顔をした。

「バネッテ様は誰《だれ》から見ても魅力《みりよく》的です。すぐに素敵な人が現れます。今のままではマイガーさんは孫みたいな存在で終わりますよ！」

マイガーさんは困ったように眉《まゆ》を下げた。

「孫の言うことなら聞いてくれるかな？」

「実際の孫でもない人の言うことは普通《ふつう》聞きませんわ」

「だよね……」

私はマイガーさんの背中を力強く叩《たた》いた。

突然《とつぜん》のことに驚いた顔をするマイガーさんに、私は笑って見せた。

「時は金なりという言葉があると本で読んだことがあります。善は急げですわ」

「でも、店」

「うちのスタッフの優秀《ゆうしゅう》さは、貴方《あなた》が一番ご存じなのでは？　それに、今まさにバネッテ様の意中の男性が告白をＯＫしていないとも限りませんわよ。バネッテ様が幸せならそれでいいとおっしゃるなら店番をしていて結構。その代わり、バネッテ様が他の男性とイチャイチャしていても笑顔《えがお》で見守ってくださいませね！」

私だったら、愛する人である殿下《でんか》が他の女性とイチャイチャしてるのを笑って見ているなんて無理である。

それは、マイガーさんも一緒《いっしょ》だったらしく慌《あわ》てて店のドアを開けた。

「お嬢、俺明日から一週間タダ働きでいいから！」

私は達成感を持って、マイガーさんの背中を見送った。

「あの子の背中を押《お》してくれるのはいつもお嬢様ね」

そこに、店の二階からマイガーさんの母親であるマチルダさんが降りてきた。

「マイガーさんに一歩、踏《ふ》み出《だ》す勇気があっただけの話ですわ」

「そう言ってもらえるのは母親として嬉《うれ》しいんだけど……バネッテ様、たぶん逃げてくると思うの」

「は？」

マチルダさんは深いため息をついた。

「いや～久しぶりに夢を見たんだけど……あの子って父親に似て愛情は重いし、しつこいし、バネッテ様の困惑《こんわく》する姿を朝起きた瞬間《しゅんかん》から同情、いや、私も彼からされたことあるからぶん殴《なぐ》ってやれば少しは大人しくなること解ってるけど……ウザいじゃない。好きだけじゃどうにもならないウザさってあるのよ！　だから、バネッテ様が逃げてきたらお嬢様と私で保護してあげましょうね」

マチルダさんの疲《つか》れの見える笑顔になんだか罪悪感がつのった。

「私、もしかして悪いことをしてしまったのでしょうか？」

そんな私の背中をマチルダさんは撫《な》でてくれた。

「お嬢様、あの子と付き合うってことは、そういうことなんです」

マチルダさんが遠い目をしていた。

宰相《さいしょう》閣下にどんな重い愛情を注がれていたのやら。

怖《こわ》いので聞くのはやめておくことにした。

逃げられない？ ◆ バネッテ目線

毎日、代わる代わる見知らぬ人間が貢《みつ》ぎ物《もの》を持ってくるようになった。

はっきりいって鬱陶《うっとう》しい。

お菓子《かし》は自分で作った方が美味《うま》いし、花は腐《くさ》ってもグリーンドラゴンである私なら簡単に咲《さ》かせることができるから必要ない。

安っぽい愛の告白も私にはなんの価値もない。

ってか、仕事の邪魔《じゃま》だ！

「あんたら、勝手に居座《いすわ》るんじゃないよ！」

最近よく来る男達と子ども達。

ショックを受けた顔の子ども達にはクッキーを食べさせ、男達にはさっさと帰るように手でシッシとやって見せた。

が、全然私の言うことを聞く気がないようで、子ども達に用意したクッキーを食べ始める始末である。

「バネッテちゃんのクッキー本当に美味い！　いい奥《おく》さんになるよ！」

話を聞け。

呆《あき》れてため息をつけば、子ども達が心配そうに私の顔を覗《のぞ》き込《こ》んだ。

子ども達の頭を撫《な》でてやると皆可愛《みなかわい》い笑顔《えがお》をくれた。

あどけない子ども達に癒《いや》される。

「バネッテちゃんが俺の奥さんになってくれたら絶対幸せにするよ」

「お前みたいなやつが幸せにできるかよ！」

騒《さわ》ぐなら出ていってほしい。

そんなことを考えていると、店のドアが開いた。

入ってきたのはマー坊《ぼう》だった。

走ってきたのか息がきれて苦しそうだ。

私は急いで水を持ってきてあげた。

マー坊はその水を見ると一気に飲み干してむせていた。

「そんなに慌《あわ》ててどうしたんだい？　急用かい？」

背中をさすってあげながら聞くと、マー坊は困ったように私を見た。

いつもと違《ちが》う雰囲気《ふんいき》を感じて、私は店にいた皆に言った。

「大事な要件みたいだ、あんたら皆帰っておくれ！　チビ達もまたおいで」

皆が出ていき店に二人きりになると、マー坊を店の奥に連れていった。

「大丈夫《だいじょうぶ》かい？」

私は心配しながらも、落ち着けるようにハーブティーを淹《い》れて出した。

そのハーブティーまで一気に飲み干したマー坊は私を見つめて困ったように眉《まゆ》を下げた。

「美味《おい》しくなかったかい？」

「ううん。滅茶苦茶《めちゃくちゃ》美味いよ」

なら、なんでそんな浮《う》かない顔をしているんだ？

いつものように、お嬢《じょう》がお嬢がと言ってる方がまだ幸せそうに見えるよ。

「悩《なや》みかい？」

不思議そうに首を傾《かし》げるマー坊。

「なんで悩みだと思うの？」

「そりゃ、そんな顔してたらそう思うだろ？」

マー坊はペタペタと自分の顔を触《さわ》る。

「俺、そんなに解《わか》りやすい？」

私は思わず笑った。

「そりゃ、チビの時からずっと見てるんだ。ある程度なら解るよ」

マー坊は自分の頬《ほお》を引っ張って変な顔をした後、自分の頬を挟《はさ》むようにして思いっきり叩《たた》くと、私の手を両手で摑《つか》んだ。

何が起きたのか解らず呆然《ぼうぜん》とする私をよそに、マー坊が何かを言った。

あまりにも小さく、聞き取れない。

「なんて？」

聞き返せば、マー坊は顔を真っ赤にして叫《さけ》んだ。

「俺、婆《ばあ》ちゃんが好きなの！　だから結婚《けっこん》してください！」

頭の中が真っ白になった。

こいつ、何を言った？

理解が追いつかず、マー坊の手をこじ開けて自分の手を救い出すと、私はハーブティーのポットを手に取った。

「もう一杯《いっぱい》飲むかい？」

「俺の告白を、なかったことにしないでよ〜」

都合のいい幻聴《げんちょう》ではなかったようだ。

私は思わず遠くを見つめた。

そして、ハーブティーを自分用のカップに注ぐとゆっくりと飲んだ。

「婆ちゃん？」

私は笑顔を作った。

「それは、自分の祖母が誰《だれ》かにとられそうな気がして嫌《いや》な気持ちになってる孫の気分とかそんな感じじゃないのかい？」

そうだったら泣ける。

「違うよ！　俺の好きは抱《だ》きしめたりキスしたりそれ以上のことも含《ふく》めた、婆ちゃんの気持ちがちゃんとないと成立しない好き！」

私は思わず目をパチパチと瞬《まばた》いた。

「俺だって男なんだから、結婚したいって思うぐらいの好きは理解してる」

いや、私の好きって感情の方が追いついていない。

だって、漠然《ばくぜん》とずっと側《そば》にいたいって私の気持ちよりも何十倍も具体的に考えているってことだろ？

「婆ちゃんがモデルやってるポスターも、俺以外に見せるのすっごい嫌。でも、すっごい綺麗《きれい》で格好いいから自慢《じまん》したい気持ちもあって……俺、どうしたらいい？」

可愛く首を傾げるマー坊の瞳《ひとみ》に胸がキュッとする。

「どうしたらって……」

「婆ちゃんを俺のお嫁《よめ》さんにできたら、婆ちゃんのこと独《ひと》り占《じ》めにしていい権利がもらえると思うんだ！」

「ち、ちょっと待っておくれ。なんで恋人《こいびと》とかを吹《ふ》っ飛《と》ばして嫁なんだい？」

そうだ、むしろ恋人の期間とか必要だろ？

そう思って聞いたのに、マー坊は口を尖《とが》らせて不満そうに言った。

「俺は婆ちゃんを誰にもとられたくないの！　恋人なんて不確かな関係じゃなくて嫁に欲《ほ》しいの！」

「不確かって」

「お嬢を見てよ！　ルドと婚約《こんやく》していても隣国《りんごく》の王子に求婚《きゅうこん》されたり横槍《よこやり》入れてくるやつがいるじゃん！　そんなやつが婆ちゃんにもたくさんいるよ。絶対」

買《か》い被《かぶ》りすぎである。

「婆ちゃんに好きなやつがいるって知ってる。けど、そいつよりも幸せにする。それに、婆ちゃんが今俺を選んでくれなくてもずっと好きでいるから。それでそいつより俺の方が長生きするから、必ず婆ちゃんを手に入れて見せる」

マー坊は獲物《えもの》を狙《ねら》う獣《けもの》のような目で私を見つめた。

目をそらしたら食べられてしまいそうな目だ。

私の知っているマー坊ではなく、雄《おす》の顔をしたマー坊に私は怖気《おじけ》づいた。

「ち、ちょっと落ち着けマー坊。自分が何を言っているのか深呼吸して考えてみろ」

「ここまで走ってくる間にいっぱい考えた！　……婆ちゃんは俺のこと嫌い？」

首を傾げ不安そうに聞いてくるそのあざとさにクラクラする。

「と、とにかく、少し時間をくれ」

「無理！」

マー坊はそう言って私に顔を近づけ唇《くちびる》を重ねた。

何が起きてるのか解らず固まる私にマー坊はニッコリと笑った。

「誰かにとられるなんて絶対に嫌だから、婆ちゃんの全部を俺が奪《うば》ってもいい？」

目の前にいるのは私の知っているマー坊ではないのではないか？

だって、マー坊はいつまでも子どものように無邪気《むじゃき》で笑顔が可愛くて私の後を尻尾《しっぽ》を振《ふ》ってついてくるワンコのような存在だったはずだ。

私がグルグル考えているのをいいことに、二度めのキスをしてくるマー坊の頬を思わず殴《なぐ》る。

「ち、調子に乗るな！」

「反応ないからいいのかと思って」

「いいわけあるか！」

怒鳴《どな》りつければマー坊は幸せそうに笑った。

「婆ちゃんに怒《おこ》られるの俺大好きだよ」

違う。

怒られて喜ぶのは違う。

私は、反省してほしいのだ。

「マー坊、私はお前をそんな子に育てた覚えはないよ」

「婆ちゃん、俺も婆ちゃんに育てられた覚えはないよ」

どうしたらいいんだ。

「婆ちゃん、俺の告白の答えは？」

嬉《うれ》しいはずの告白なのに身の危険を感じるのは何故《なぜ》だ？

「そんなに、好きな男がいいの？」

マー坊が何かを呟《つぶや》いたが小さすぎて聞き取れない。

聞き返そうと思った次の瞬間《しゅんかん》、マー坊は私を肩《かた》に担《かつ》ぎ上《あ》げた。

今度はなんだ？

マー坊は私を担いだまま歩き出す。

寝室《しんしつ》の方に。

「ち、ちょっと待て！」

「待たない！　婆ちゃんの全部を奪う。婆ちゃんが俺のことしか考えられないようにする。他の男のことなんて、一瞬《いっしゅん》も頭に浮かばないように」

これはまずい。

「他の男のことなんて考えてない」

「嘘《うそ》だ」

このままでは何も信じてもらえない。

私は小さくなる声で呟いた。

「私が好きなのは、お前だ」

私の呟きに、マー坊は動きを止めた。

「だから下ろしてくれないか？」

すかさず言えば、マー坊は私を下ろしそのまま抱き寄せた。

「逃げるための嘘じゃない？」

泣きそうな顔で私を見下ろすマー坊に呆れてため息をついた。

「好きだぞちゃんと」

「俺の好きと一緒《いっしょ》？」

これは、恥《は》ずかしい。

マー坊の言っていた好きと一緒だと答えたら、抱きしめたりキスしたりそれ以上もしたいと言っているようなものである。

不安そうなマー坊を見れば、ちゃんと伝えた方がいいことは解る。

「一緒、だと思う」

そう言った瞬間、キスされた。

「やめない。婆ちゃんの好きは俺のと一緒だもん。全部俺のだ」

また、獣のような目に戻《もど》ってしまったマー坊にアッパーをくらわせ、私は走った。

この暴走した獣は、たぶん主人の言うことしか聞かない。

お嬢さんならどうにかしてくれる。

そう、私にはキャパシティオーバーだ。

困った時はお嬢さんに頼《たの》むしかない。

あの子ならどうにかしてくれる。

たぶん。

私は、自分ではどうすることもできないと判断してお嬢さんの元に急いだ。

よくよく考えれば、ドラゴンの姿になって飛べばよかったのだが、その時の私はパニックでそんな簡単なことに気づきもしなかったのだった。

必死に走り、お嬢さんの店である『アリアド』につくと、お嬢さんと王子に出迎《でむか》えられた。

「ご無事ですか？」

お嬢さんに心配そうに聞かれて、私は一応頷《うなず》いた。

「よかった。私が余計なことをしたせいで、バネッテ様を危険にさらしてしまったようで本当に申し訳ございません」

「君が原因か」

呆れたような王子に、少し頬を膨《ふく》らませてみせるお嬢さんが可愛らしい。

「とにかく、殿下《でんか》は外でマイガーさんを足止めしていてください」

「はぁ？　俺は君をデートに誘《さそ》いに来たんだぞ」

「イコール、時間があるということですわ」

王子は悔《くや》しそうにお嬢さんを睨《にら》むと店の外に向かった。

「私達も、プロの元へ向かいましょう」

そう言って、お嬢さんが連れていってくれたのは、マー坊の母親のマチルダの部屋だった。

ドアをノックすれば、慌てた様子のマチルダがドアを勢いよく開けた。

「バネッテ様、無事でしたか？」

「ああ」

私の肩から腕《うで》を、確認《かくにん》するためにペタペタ触ったマチルダは安心したようにフーっと息を吐いた。

「とりあえず、入ってください」

促《うなが》されるまま中に入れば、雑多に積まれた本の上にクッションを置かれ、座るように言われた。

言われた通りにすると、直《す》ぐにお嬢さんからカモミールティーを差し出された。

「落ち着きましょう。冷静な判断をすることが、これからの人生で最も重要になるのですから」

しみじみと語るマチルダにもお嬢さんはカモミールティーを手渡《てわた》す。

「まあ、逃げられる場所があるって本当に重要。母親の私が言うのもなんだけど、そんな急速に距離《きょり》縮めようとするのってなんなのかしら」

まるで見ていたように語るマチルダに思わず首を傾げる。

「本当に父親そっくり。気に入らなければ殴っていいですからね！」

「いや、でも……加減できなかったら殺してしまいそうで」

「あれは男ですが、バンシーの血族です。簡単には死にません！　ただ……」

本当に困ったように言葉を詰《つ》まらせるマチルダを見て、お嬢さんは苦笑いを浮かべた。

「マイガーさんの場合、殴って死なない代わりに喜んでしまいそうですよね」

「？」

「あの子、滅茶苦茶ドMだから……」

頭が理解していない。

「あ、ちなみにドMは痛いことが好きな人のことを言います」

「知ってる」

私の知らないマー坊の一面に思わず絶句していると、お嬢さんが私の前にクッキーの入った籠《かご》を差し出した。

一枚手に取り、口に入れる。

自分で作ったクッキーも美味いが、お嬢さんの作るクッキーは格別である。

「作り方を知りたいぐらい美味い」

「ありがとうございます」

私達がほっこりしていたその時、外でマー坊の声がしたのが解った。

「ルド、邪魔しないでくんないかな？」

「俺だって、こんなことしてる時間があるならユリアスとデートしたいさ」

王子の声にお嬢さんが可愛く顔を赤らめている。

その顔は王子に見せた方がいいんじゃないのか？

「俺も兄弟と喧嘩《けんか》してる暇《ひま》があるなら、婆ちゃんとイチャイチャしたいの！」

「解るが、いきなり怯《おび》えられたくないだろ？　それで嫌《きら》われてもいいのか？」

王子がマー坊を、説得してくれているようだ。

感動する。

「嫌われるのは嫌だけど、これでもかってイチャイチャしたい気持ちも解るだろ！」

しばらくの沈黙《ちんもく》が流れた。

「……解る」

王子、言い負けてどうする！

あれはどうなんだと聞きたくてお嬢さんを見れば耳まで真っ赤にして蹲《うずくま》っている。

「解るが、焦《あせ》って嫌われる方が辛《つら》い」

男らしく言い放つ王子。

「俺は、婆ちゃんの全部が欲しいの！　誰かにとられる心配もしたくないの！」

「その気持ちも痛いほど解るが、嫌われたら元も子もないだろ？　二度と近づけなくなってしまったらどうする！」

「泣く！」

即答《そくとう》。

返答がガキすぎるんじゃないか？

マチルダを見れば何故か遠くを見つめていた。

「マチルダ？」

「ああ、バネッテ様。二度と触るな近づくなって言うと、監禁《かんきん》されそうになるのでやめた方がいいですよ」

何故そうなるのか、原理が解らないのだが？

マチルダの疲《つか》れきった顔を見て絶対に言わないと決めた。

「あの子、無害そうに見えてかなり厄介《やっかい》なので、取《と》り扱《あつか》い的に言うと……喜んじゃうけど殴る。または、お嬢様か、私のところに逃げる。間違っても男性に助けを求めてはいけないってことは覚えておくといいかと」

私は思わず首を傾げた。

「男性に助けを求めてはいけないのかい？」

マチルダは苦笑いを浮かべた。

「浮気《うわき》と勘違《かんちが》いされ助けを求めた男性をよくて骨の数本を折り、最悪殺します」

「物騒《ぶっそう》！」

「冗談《じょうだん》ではありません。あの子の父親はそういう男なので……国王陛下には悪いことをしたと反省したものです」

私はなんて生き物を好きになってしまったんだ？

「それって、王子は大丈夫なのかい？」

心配になり聞けば、お嬢さんが立ち上がり部屋のドアを開け、店にいる従業員に向かって言った。

「店の前でマイガーさんが暴れているんですの、オルガさんに捕《つか》まえるように言ってくださる？」

お嬢さんの言葉の後に、縄《なわ》でグルグル巻きにされたマー坊が部屋の前に投げ捨てられた。

なんだか疲れ顔の王子も一緒だ。

「マイガーさん。営業妨害《ぼうがい》ですわ」

「お嬢！　店長出してくるのズルイ！」

イモムシのようになっているマー坊を無視して、オルガと呼ばれた白髪《はくはつ》の紳士《しんし》が一礼して店の中へ消えていった。

「私の時にも、店長が欲しかったわ〜」

羨《うらや》ましそうにオルガの後ろ姿を見つめるマチルダは見なかったことにした。

「マイガーさん、バネッテ様が怯えていますよ」

マー坊は頬を膨らませてみせる。

「俺がゆっくり外堀《そとぼり》埋《う》めてこうと思ってたのに、他の男にとられたくないなら頑張《がんば》れって背中押《お》したのはお嬢だもん！」

お嬢さんは遠くを見つめた。

あんたのせいか。

「背中は押しましたが、怯えさせてまでなんて言ってませんわ」

遠くを見つめたまま言われても説得力の欠片《かけら》もない。

そんなお嬢さんの横に移動してきた王子が、さりげなくお嬢さんの腰《こし》を抱き寄せた。

驚《おどろ》くお嬢さんに気づかないのか、わざとなのか王子はそのまま言った。

「俺の恋人だと主張するだけじゃ駄目《だめ》なのか？」

ムスッとしたマー坊はフンっとそっぽを向いた。

「主張してても、横槍を入れられてるやつ見てるから不安なんです～」

王子がぐぬぬっと言葉を詰まらせた。

これは、王子の負けだと思う。

「では、バネッテ様にはマイガーさんの前以外ではお婆さんの姿でいてもらうというのはどうですか？　そうすればきっと今まで通りですわ」

……その手があったのか～。

私は納得《なっとく》した。

マー坊が不服そうに婆ちゃんは婆ちゃんの姿でも可愛いと呟いていたが、聞こえなかったことにした。

マー坊は納得していなかったが、私が老人の姿になると少しだけ冷静になったのか、ギラギラした目で私を見るのはやめてくれたのだった。

# 商談は恋人のいないところで

最近売り出した『踏《ふ》まれたいほどセクシーな靴《くつ》』の売れ行きがいい。

今まであまり出してこなかった〝セクシー〟路線を題材にしたのが良かったのか、それともモデルのバネッテ様の影響《えいきょう》か！

勿論《もちろん》、顔は出さず靴なら足だけ、ドレスなら後ろ姿にして、モノクロ写真のポスターに徹底《てってい》したためバネッテ様がモデルをしていることに気づくのはマイガーさんだけである。

本当に何故《なぜ》解《わか》るのか？

謎《なぞ》すぎるとマチルダさんに言えば、見ただけでスリーサイズを言い当てられる恐怖《きょうふ》の話をされたので、たぶん宰相《さいしょう》閣下も持っている特殊《とくしゅ》スキルなのだろう。

ポスターが出来上がるたびにブーブー文句を言うマイガーさんには、ポスターをプレゼントすることで、なんとか機嫌《きげん》をとっている。

まあ、ポスターをプレゼントしていることがバレてバネッテ様に怒《おこ》られるが、自分の恋《こい》人《びと》のことは自分でどうにかしてほしい。

背中が大胆《だいたん》に開いたセクシードレスは私にはあまり似合わない気がしたので、レースで透《す》け感を出すデザインにしてそれを着てパーティーに出席しようとするも、エスコート役の殿下《でんか》に玄関《げんかん》先で猛反対《もうはんたい》された。

「今、最先端《さいせんたん》のお洒落《しゃれ》ですのに、宣伝できないと困るのですが」

「そのデザインは女性の注目は勿論だが、男性の注目も集めてしまうから却下《きやつか》だ！」

こんなに素敵《すてき》なのに。

私が頬《ほお》を膨《ふく》らませると、殿下は大きなため息をついた。

「俺の気持ちも考えてくれないだろうか」

「殿下の気持ちですの？」

不貞腐《ふてくさ》れる私に、殿下は言い聞かせるように続けた。

「婚約者《こんやくしゃ》がそんなセクシーなドレスを着ているのは心配だ。拐《さら》われたらどうする」

「私は小さな子どもじゃないんですのよ」

「子どもじゃないから心配なんだ。その格好は男からいやらしい目で見られる。絶対だ」

自信満々に言う殿下に私は不満を隠《かく》さずに口を尖《とが》らせた。

「では、殿下も私をいやらしい目で見ていると思ってもいいということですわね」

グッと息を呑《の》む殿下に、私はニッコリ笑顔《えがお》を向けた。

だが、殿下は私の腕《うで》を掴《つか》み抱《だ》き寄せると耳元で囁《ささや》いた。

「好きな女性のそんなセクシーな姿を見て、いやらしい目で見るなっていうのは無理だ」

殿下にそこまで言われては、このドレスで出かけるのはやめた方がいいのだろう。

「き、着替《きか》えてきますわ」

私がそう言えば、腕を離《はな》してくれた。

「そうしてくれ、じゃないとまた嫉妬《しっと》でおかしくなりそうだ」

嫉妬してもらえるのはちょっと嬉《うれ》しい。

「では、このドレスは封印《ふういん》ですわね」

「……似合っているんだ、二人きりの時なら着てもいいんじゃないのか？」

どうやら、殿下はこういったデザインが嫌《きら》いではないようだ。

「二人きりの時に着るドレス……ナイトドレスに応用するのもいいかもしれませんね」

思わず商品開発に頭がシフトしてしまう。

「下着に応用するのもいいのかも……」

頭の中に浮《う》かんだデザインを今すぐ紙に描《か》いてしまいたい。

そう思っている私の横で殿下が何やら照れたように言った。

「それは、着てみせてくれるってことだろうか？」

いいデザインが浮かんでいる時に話しかけるのはやめてほしい。

思わず舌打ちしてしまったのは仕方がないと思う。

「着替えてきますのでお待ちください」

私の冷たい態度にオロオロする殿下を玄関先に残し、着替えもしないでデザイン画を描き始めたのは私が悪い。

そのせいで、大幅《おおはば》な遅刻《ちこく》で二人して結局パーティーを欠席したのも私のせいだ。

後でお兄様から余計なことを言って私を怒らせてしまったと殿下が凹《へこ》んでいたと言われ、悪いことをしてしまったと反省したのは数日後の話である。


新ブランドの開発もそれをバネッテ様に着てもらうのも楽しくて仕方がない。

私が店の奥《おく》にある自分専用の作業部屋でデザインの構想を練っていると、マイガーさんがやってきた。

「あのね、お嬢《じょう》。婆《ばあ》ちゃん独《ひと》り占《じ》めするのやめてくれない？」

マイガーさんが不満そうに口を尖らせる。

「独り占めなんてしてませんけど？」

「してる。俺が婆ちゃんをデートに誘《さそ》うと大抵《たいてい》お嬢と約束してるからって断られるんだよ！」

それは、マイガーさんと二人きりにならないようにバネッテ様がついた嘘《うそ》では？

まあ、約束をしているのは確かではあるが。

「マイガーさん、恋人になったのですから焦《あせ》らずゆっくり手を繋《つな》ぐところから始めてはどうでしょう？」

「無理！　恋人になったんだからずっと側《そば》にいたいし、イチャイチャしたい」

なんとも欲望に忠実である。

「たぶんルドも同じだと思うよ」

「私は、手を繋ぐだけでもドキドキしますわ」

マイガーさんは呆《あき》れたようにフーっと息をついて見せた。

「そんなじゃ足りないでしょ？　俺なんてずっと抱きしめていたいよ」

流石《さすが》にそれでは生活できないのでは？

「いい男だと思われたいから仕事しないとダメなのは理解してるけどね」

その時、マイガーさんは私の手元にあるデザイン画を見て怖《こわ》い顔をした。

「まさか、それのモデルを婆ちゃんにやらせる気じゃないよね？」

この前考えた下着のデザイン画を見られてしまったようだ。

どう言い訳したものか考えているうちに、マイガーさんは怖い顔のまま私に詰《つ》め寄《よ》った。

「俺の彼女なんだよ！」

「勿論、男子禁制のブース用ポスターにだけですわ」

「そういうことじゃないの！　俺以外が見るのが嫌《いや》なんだよ！　解ってよ～」

そう言われても、なんだかんだバネッテ様は薄着《うすぎ》に対して抵抗《ていこう》がなく、下着撮影《さつえい》も嫌がったりしないので、この下着の撮影の許可もちゃんととっている。

「恋人の特権としてポスターは手に入りますが、それでも嫌なのですか？」

一瞬《いっしゅん》マイガーさんの眉間《みけん》にシワが寄った。

嫌だったのだ。

これはモデルなしの撮影になりそうだと思った瞬間《しゅんかん》、マイガーさんは豪快《ごうかい》に頭を抱《かか》えた。

「ポスターは欲《ほ》しい！　けど撮影はしてほしくないんだよ～」

それはわがままがすぎる。

マイガーさんが苦悩《くのう》するのを見ていると、ノックの音がした。

やってきたのは殿下で、部屋に入るなりマイガーさんにすがりつかれていた。

「俺はどうしたらいいんだ～！」

「知らん」

話の糸口すら聞かずに答えること、それは無理だ。

「何があった？」

困り顔の殿下にマイガーさんが事情を話すと、殿下も腕を組んで悩《なや》み始めた。

「そんなに悩むことなのですか？」

思わず口から出た言葉に、二人から信じられないものを見るような目を向けられた。

「お嬢は男心が微塵《みじん》も解ってない」

そんな言われ方をされると、ちょっとショックである。

「基本、自分の彼女が下着モデルをするのは嫌だろ」

殿下の表情からもマイガーさんに同情的に見える。

「それは困りました」

私がそう呟《つぶや》くと、部屋に沈黙《ちんもく》が流れた。

「お嬢、それはモデルがいなくて困るってことだよね？」

私が首を傾《かし》げると、殿下も不安そうに私の顔を覗《のぞ》き込《こ》む。

「今回のモデルの話をバネッテ様に持っていった際、私と一緒《いっしょ》ならやってくださるというので、そのつもりで準備をしてましたの」

私の返答に殿下が先ほどのマイガーさんのように豪快に頭を抱えた。

流石乳兄弟《ちきょうだい》。

マイガーさんが私にデザイン画を突《つ》きつけて叫《さけ》ぶ。

「これをお嬢が着るの？」

「それはバネッテ様用に黒か赤で作る予定で、私はこちらのデザインを白か水色で作る予定でいます」

もう一枚のデザイン画を見せて語れば、マイガーさんは膝《ひざ》から崩《くず》れ落《お》ちた。

大丈夫《だいじょうぶ》だろうか？

「ユリアス、それは駄目だ。どう考えても許可できん」

殿下が真面目な顔で言ってくるのを、今度は私がデザイン画を突きつけて言った。

「私では力不足なのは重々承知しています！　ですが、私でも着られる素敵な下着を考えたつもりですわ！」

私も真剣《しんけん》に言ったのに、殿下は真っ赤な顔を手で覆《おお》うと言った。

「違《ちが》う、力不足とかそういうことじゃなくて……」

言葉の続かない殿下に私は聞いた。

「似合いませんか？」

「似合う。が、違う。そうじゃない！」

じゃあ、なんだというのだ？

「そのポスター、男子禁制のブース用だって言ったよね？」

マイガーさんの地を這《は》うような声に私は軽く頷《うなず》いた。

「俺、お嬢のポスターも欲しい」

「駄目に決まってるだろ」

殿下がマイガーさんの胸《むな》ぐらを掴んで睨《にら》みつける。

「マイガーさんにはバネッテ様の許可もありますしお渡《わた》しできますが、私のポスターは差し上げられません」

「ええ～」

不満そうなマイガーさんの頭を殿下が殴《なぐ》りつけていた。

痛そうである。

「というか、その撮影自体駄目だ！」

結局、殿下が猛反対したため下着のモデル使用は禁止された。

売り上げに影響が出るのは痛手だが、婚約者の殿下が嫌がるなら仕方がないと思うことにした。

まあ、販売が禁止されたわけではない。

売り方を工夫《くふう》すればいくらでも看板商品になるだろう。

「俺だって、婚約者を独り占めしたいんだぞ」

殿下に恨《うら》めしそうにそう言われたので、私は殿下の耳元に口を寄せた。

「では、いずれ殿下にだけ着て見せますので、感想を伺《うかが》ってもよろしいでしょうか？」

私の言葉に殿下は驚《おどろ》いた顔をして言った。

「レポートにまとめるのは無理だぞ」

「そうなのですか？」

　殿下は顔を赤く染めて困り顔になった。

「それはまじまじ見ろと言ってるのと一緒だからな」

「それは恥《は》ずかしいですわ」

「お互《たが》い様だ」

　まだ見たわけでもないのに照れる殿下を可愛《かわい》く思うのは末期症状《しょうじょう》である。

「目の前でイチャイチャしないでくんない？　俺も婆ちゃんとイチャイチャしたいの滅茶《めちゃ》苦茶《くちゃ》我慢《がまん》してんだかんね！」

　マイガーさんに羨《うらや》ましい羨ましいと騒《さわ》がれ、殿下はイラッとしたのか、マイガーさんの頭を叩《たた》いていた。

　後々、下着の撮影がなくなったことをバネッテ様に報告したところ、グリーンドラゴンの力で植物を人型にした木製のマネキンを二体作ってくれた。

　本当に助かった。

　ただし、マネキンのスタイルがバネッテ様と私のスリーサイズで作られているのは、お互いに面倒《めんどう》な恋人がいるので内緒《ないしょ》にすることになった。

# ドラゴンの宝物庫

その日、私はお茶に誘《さそ》われて王妃《おうひ》様の自室に招かれていた。

王妃様と会うのは殿下《でんか》と喧嘩《けんか》して以来である。

間違《まちが》いなく、あの後どうなったのかを報告し忘れたせいだと思う。

相談にのってもらったお礼状は出したが、仲直りした経緯《けいい》は書いていなかったことが原因か？

案の定、王妃様の自室に案内され、中に入ると正座させられた殿下と、怖《こわ》い笑顔《えがお》でそんな殿下を見下ろす王妃様とリーレン様がいた。

いや、国王陛下とハイス様も部屋の奥《おく》にいる。

「あらあらまあまあ！　ユリちゃんよく来たわね～」

リーレン様はニコニコしているが、殿下の顔色は最悪だ。

「あ、あの、報告が遅《おく》れてしまい申し訳ございません。殿下とは無事に仲直りいたしました」

私が本題を先に言うと、リーレン様も王妃様もニコニコ笑顔を作った。

「今、ルーちゃんから聞いたわ」

「醜《みにく》い嫉妬《しっと》ですって！　それって、婚約者《こんやくしゃ》を傷つけていい理由になるのかしら？　ねぇ、陛下」

「はい」

どうやらすでに、リーレン様と王妃様の言うことが絶対的なルールになっているようだ。

「自分も醜い嫉妬だったと思っています。言い訳はしません」

殿下が男らしく言う。

素敵《すてき》であるが、正座中だ。

「そうよね～。ルーちゃんが悪いわよね～」

リーレン様も逃《のが》す気はないようだ。

「リーレン様と王妃様に申し上げておきたいことがございます」

これは、正直な気持ちをちゃんと言わなければいけないと思った。

「何かしら」

「私、殿下に嫉妬してもらえて嬉《うれ》しかったのですわ」

その場にいた全員の注目が集まる。

「私がお金儲《かねもう》けが何よりも好きなことは、誰《だれ》もが知っています。私も殿下を好きになる前であれば、殿下に言われた言葉にショックなど受けなかったと思います。でも、今は殿下を好きになってしまったので、殿下に冷たい人間だと思われたくなかったのです」

私はリーレン様と王妃様に笑顔を向けた。

「お二人のお陰《かげ》で仲直りもできましたし、私が殿下と喧嘩しても味方になってくれる素晴《すば》らしい母親が二人もいることも解《わか》りましたわ。私の母は私が小さい時に亡《な》くなったので私には母の記憶《きおく》がありませんが、お二人のような素敵な母親を殿下はプレゼントしてくれたのだと今しみじみと感じております」

リーレン様も王妃様もなんだか目をウルウルさせている。

「私の味方になってくださってありがとうございます」

私の言葉が終わるのと同時にリーレン様に抱《だ》きしめられた。

「本当にいい子だわ〜ルーちゃんにはもったいない！」

そう言いながらリーレン様は私の頭を撫《な》でる。

「そうよ！　ルドニークなんかよりいい男がいっぱいいるのよ！　本当にあの子でいいの？　今なら婚約破棄《はき》だってできるんですよ！」

王妃様もまだ怒《おこ》り足りないと言いたげだ。

「でも、私はお二人とも家族になりたいですし、何より殿下が好きで仕方ないのですわ」

私がそう言えば、お二人から頭を撫でられた。

「リーレン様と母上。ユリアスを抱きしめたいので返していただけませんか」

全然意識していなかった殿下からとんでもないことを言われ驚《おどろ》く。

「あらあらまあ！　ルーちゃんもそんなこと言えるようになったのね」

リーレン様が嬉しそうに笑う。

そして、王妃様が手にしていた扇《おうぎ》をバッと開くと口元を隠《かく》した。

「仕方がないからユリアスを返してあげます。立てたらですけど」

言われた通りに、正座から勢いよく立ち上がろうとした殿下は膝《ひざ》と手をついた状態で固まった。

足が痺《しび》れているのだろう。

「あら、ルドニークったら無様ね～」

高笑いしながら殿下の足を扇でつつく王妃様。

悔《くや》しそうな殿下の姿に思わず、国王陛下とハイス様を見たが、目をそらされた。

誰も助けてくれない。

視線を殿下に戻《もど》せば、リーレン様も殿下の足をつついて遊んでいる。

その瞬間《しゅんかん》、殿下と目が合った。

うん。

これは殿下の足の痺れがなくなるまで待ってあげよう。

私はそう決めて、殿下に見えるように手を開いてハグ待ちのポーズをとった。

「いちいち可愛《かわい》い」

殿下が噛《か》みしめるように何かを呟《つぶや》いたが小さな声で聞き取ることはできなかった。

その後すぐに、殿下はグッと息を呑《の》むと一気に立ち上がり、倒《たお》れ込《こ》むように私に抱きついた。

明らかに足は痺れたままのようだが、頑張《がんば》ってくれて嬉しい。

「あらあらまあ！　ルーちゃんで遊ぶのも今日で終わりみたいね」

リーレン様の言葉に王妃様も仕方ないと納得《なっとく》してくれたようだ。


殿下の足もだいぶ良くなり、ようやく落ち着いてお茶が飲めるようになった。

お茶は私が持参したものを淹《い》れてもらうことにした。

リラックス効果のあるカモミールを中心にしたブレンドティーだ。

「は～落ち着く味ね」

リーレン様にも気に入ってもらえたようでほっとした。

王妃様も私が焼いた紅茶のシフォンケーキを優雅《ゆうが》に食べている。

さっきまで高笑いしながら殿下をいじめていた人には見えない。

「ところで、バネッテの宝物庫は見せてもらったの？」

リーレン様の言葉に、私は雷《かみなり》に打たれたような衝撃《しょうげき》を受けた。

そうだった。

私、ドラゴンの宝物庫を見せてもらうはずだったのだ！

すっかり忘れていたが……そもそもあるのだろうか？

「バネッテに私から頼《たの》んであげましょうか？」

リーレン様はニコニコ笑う。

「いいえ。自分で頼みますわ」

私はリーレン様の申し出を断った。

バネッテ様とは仲良くなっているし、友人として自分で頼みたいと思ったからだ。

「バネッテはその後どう？」

私は首を傾《かし》げた。

だって、数日に一回のペースで二人がお茶会のようなことをしているとマイガーさんから聞いていたからだ。

「あの子、自分のことあまり話さないのよね」

困ったわ～と言いながらお茶を飲むリーレン様。

「ああ、意中の男性とお付き合いできて幸せそうですわ」

私の言葉に部屋の空気が変わった。

ピリピリとした緊張感《きんちょう》みたいなものを感じる。

「意中の男性？」

ピリピリの正体はどうやらハイス様のようだ。

「バネッテに恋人《こいびと》ができたのか？」

ハイス様の威圧《いあつ》感が半端《はんぱ》ない。

「相手は誰だ？」

言ったらマイガーさんが殺されてしまいそうな気がして声が出ない。

「相手はマイガーです」

マイガーさんの名をあっさりと殿下が口にして驚く。

殿下は真剣《しんけん》な表情でハイス様を見つめた。

「俺が知っている男の中で、最も信頼《しんらい》できる相手です」

ハイス様と殿下はしばらく見つめ合った。

そして、ハイス様はゆっくりお茶を飲み泣いた。

「もう、いつかはお嫁《よめ》に行くんだから、泣かないの！」

リーレン様がハイス様の背中を撫でてあげている。

「人に恋《こい》するなんて、人は、すぐ死ぬ。残されるあの子を思うと可哀想《かわいそう》だ」

ボロボロになって泣くハイス様をリーレン様が慰《なぐさ》める。

「でも、マー君ってすぐ死なないらしいわよ」

首を傾げるハイス様の涙《なみだ》を、王妃様から差し出されたハンカチで拭《ぬぐ》いながらリーレン様は続けた。

「マー君のママさんって精霊《せいれい》の血筋らしいのよ」

「精霊？」

何を言ってるんだと言わんばかりの顔のハイス様。

「バネッテってグリーンドラゴンのせいか妖精《ようせい》に好かれやすいし、お似合いじゃない？」

「妖精って羽虫みたいな？」

ハイス様はさらに不安そうな顔だ。

「マイガーさんはバンシーという精霊の血筋ですわ」

私がそう言えば、リーレン様がニコニコしながら私の手を取りピョンピョン飛《と》び跳《は》ねた。

「そう、それ！　だから、人間よりも長生きするんですすって」

ハイス様はしばらく黙《だま》ると、拳《こぶし》を握《にぎ》りしめて言った。

「一発殴《なぐ》ってチャラにする」

そういったハイス様の肩《かた》を国王陛下がポンポンと叩《たた》いた。

「ハイス様に一発殴られたら普通《ふつう》に死ぬから」

ハイス様がキョトンとする。

「バンシーは戦闘《せんとう》する精霊じゃないから、娘《むすめ》に一生恨《うら》まれたくないならやめておけ」

国王陛下の言葉に、ハイス様は不満そうに口を尖《とが》らせていた。

愛する娘を思う父親とは皆《みな》ああなのだろうか？

今のハイス様を見るとお父様とお兄様を思い出す。

そんな二人を無視するリーレン様と王妃様と殿下と一緒《いっしょ》にお茶を楽しむのだった。


次の日、早速《さっそく》私はバネッテ様の家に向かった。

勿論《もちろん》宝物庫を見せてほしいとお願いするためだ。

「いらっしゃいお嬢《じょう》さん」

出迎《でむか》えてくれたのは、老人バージョンのバネッテ様だ。

バネッテ様に促《うなが》されるまま私はリビングの椅子《いす》に座《すわ》った。

「今回はお願いがありまして」

「お嬢さんはお願いごとがないと家には来ないよ。なんだい？　下着のモデルの話が復活したのかい？」

「いいえ、それは残念ながら断念しました」

バネッテ様は私にハーブティーを出して向かい側の席に座る。

「単刀直入に言いますが、宝物庫を見せてくださいませんか？」

私の言葉にハーブティーを口にしていたバネッテ様が豪快《ごうかい》にむせた。

「見るだけで満足しますから、お願いします」

「あらたまって言われると恥《は》ずかしいんだよ」

下着のモデルは恥ずかしくないのに宝物庫を見せるのは恥ずかしいとは、ドラゴンの考え方は謎《なぞ》である。

「お嬢さんにはマー坊《ぼう》のことでいろいろ世話になっているからねぇ。いいよ。見せてあげる」

ハーブティーを飲み終わって案内されたのはバネッテ様の家の地下室だ。

奥に進むにつれ、木の根っこのようなものに覆《おお》われてきた。

「ここだよ」

バネッテ様がドアを開くと、そこには小さな箱庭があった。

小さな泉と花がたくさん咲《さ》いていて蜂《はち》のような虫が飛んでいる。

「これが私の宝だ」

その空間自体がすごく美しくて、宝物だと言われても信じてしまう。

なのに、バネッテ様が指差した先にいたのは丸々と太ったニワトリと辺りを飛びまわる蜂だった。

「金の卵を産むニワトリですか？」

「いいや、ごく普通に白い卵を産むニワトリと、私が作る飴《あめ》の材料の蜂蜜《はちみつ》を分けてくれる蜂達さ」

私の想像していたものとはまるで一致《いっち》しない宝物庫に驚きが隠せない。

「前は金銀財宝ってやつを集めていたんだよ。ほら、廃坑《はいこう》の中にあったキラキラした石とかさ。けど、マー坊に会ってからそんなものは全部霞《かす》んでしまったんだ。それなら、あの子が喜ぶ飴の材料を作る蜂蜜とケーキの材料である卵を産むニワトリの方がよっぽど価値があると思ってね」

言われてみたら、宝物とは人それぞれなのだ。

「バネッテ様の宝物は本当に素晴らしいですわ」

私はすごく感動した。

「まあ、私の両親の宝物庫は金銀財宝ガッチガチだけどね。それこそ今度見せてもらいなよ！　私から頼んでやるからさ」

「この前の鉱山のように山登りは流石《さすが》に懲《こ》りました」

バネッテ様はそれを聞くと豪快に笑った。

「もし、本当に行くなら私が背中に乗せて飛んであげるよ」

そうか、バネッテ様の本当の姿はドラゴンなのだ。

「宝物庫以上に、空を飛べる方が興味があります！　……と言ったら失礼でしょうか？」

私が聞けば、バネッテ様は私の頭を乱暴に撫でた。

「お嬢さんはいつまでも子どもみたいな目で物事を見ていて好きだよ」

「それ、褒《ほ》められてます？」

こうして、私は空飛ぶお友達を手に入れ、ちょっとそこまで感覚で隣国《りんごく》に買いつけに行き、食べ歩きして帰ってくることで気分転換《てんかん》にもなっているとバネッテ様に言われた時は嬉しかった。

だが、デートができないと殿下とマイガーさんに怒られるようになったのだった。

# 蜂蜜は幸せの味

リーレン様と、バネッテ様の作る飴《あめ》の作り方を教えてほしいと頼《たの》んだのだが断られた。

素朴《そぼく》な味わいで本当に美味《おい》しい飴なのだが、断られた理由が解《わか》った。

どうやら、あのバネッテ様の宝物の蜂達《はち》はただの蜂ではないのだと言う。

魔獣《まじゅう》だと言ったら怯《おび》えられてしまうと思ったらしい。

攻撃《こうげき》しなければ安全だと聞き、安全なら私は全然問題ないと言ったが怒《おこ》られた。

まあ、殿下《でんか》に滅茶苦茶《めちゃくちゃ》心配されてしまったから仕方ない。

養蜂《ようほう》ならぬ養魔獣をするのは諦《あきら》めることになった。

その代わりというわけではないが、自分が楽しむ分だけ作ってもらえることになった。

それに、バネッテ様の作るお菓子《かし》にもこの蜂蜜《はちみつ》が使われていると聞いて、他で食べるどのお菓子よりも美味しいはずだと納得《なっとく》した。

そんなある日、すごく珍《めずら》しいことに元婚約者《こんやくしゃ》であるラモール様から会いたいと連絡《れんらく》が来た。

勿論《もちろん》、今はビジネスにおいて彼の功績は大きい。

それもあって、ラモール様が今お世話になっているバナッシュ伯爵家《はくしゃくけ》に護衛の二人を連れて向かった。

道中、護衛の一人であるバリガが不機嫌《ふきげん》そうに呟《つぶや》く。

「商人達のカモにされていたキュリオン侯爵家《こうしゃくけ》の子息が今更《いまさら》なんのためにユリアス様を呼びつけるのですか？」

それは私には解らないが、たぶん仕事の話か、またはバナッシュさんのことで相談があるのだろう。

「最近日に日に可愛《かわい》くなるユリアス様に言い寄るためだったりして」

もう一人の護衛のルチャルがそう言えば、その場が静まり返る。

「それはあり得ないですわ。ラモール様はバナッシュさんが愛《いと》しくてたまらないのですから」

はっきり言ってこれだけは自信がある。

バナッシュさんの話からしてもラモール様がバナッシュさんを嫌《きら》いになることはないのだ。

そう説明しても護衛の二人は疑わしい顔をしていた。

バナッシュ伯爵家について直《す》ぐにラモール様が腰《こし》に手を当てエッヘンポーズで現れた。

「久しぶりだなユリアス。ついてこい」

ラモール様は婚約者だった時となんら変わらず偉《えら》そうにそう言って私に背を向けた。

私の後ろにいたバリガが剣《けん》に手をかけたのが解ったが、気づかないふりをしてラモール様を追いかけた。

ラモール様が最初に向かったのは羊型の魔獣の放牧場で、誇《ほこ》らしげに仔羊《こひつじ》を私に見せた。

「前に手紙にも書いたが繁殖《はんしょく》に成功したぞ」

その時の手紙は本当に素晴《すば》らしい報告だったので正直驚《おどろ》いた。

「しかもだ、仔羊の中には色の違《ちが》うやつもいたのだ！　見るか？」

その話は初耳で私は大きく頷《うなず》いた。

「是非《ぜひ》！」

仔羊だけを集めて柵《さく》で囲った場所には色とりどりの仔羊がいる。

その数にも目を見張るものがあった。

しかも、仔羊達もラモール様に懐《なつ》いている。

可愛がっているのが見ただけで解る。

「この黄金の羊は仲がいい。僕とジュリーみたいだろ！」

兄弟ではないのか？　とは聞いてはいけない雰囲気《ふんいき》である。

「あと、お前の髪《かみ》色と同じ色の羊は殿下の目の色と同じスカイブルーの羊と仲がいいぞ」

それは恥《は》ずかしい気がする。

「色合いがいいからあれでブランケットを作ったら送ってやろう」

「ありがとうございます」

綺麗《きれい》なブランケットができる予感に笑顔《えがお》になってしまう。

「お前、そんな顔で笑えたんだな」

どんな顔か解らなくて首を傾《かし》げると、ラモール様はニヤッと口の端をつり上げた。

「まあ、ジュリーの方が数百倍可愛いがな！」

やっぱりバナッシュさんの自慢《じまん》話がしたかっただけのようだ。

「他にも話したいことがあるから茶を出してやろう。ついてこい」

後ろにいる護衛の二人から、ただならぬ雰囲気が出ている。

案内された応接室でラモール様が自らの手でお茶を淹《い》れてくれた。

今まであればあり得なかったことである。

「ありがとうございます」

偉そうであっても、婚約者であった頃《ころ》のラモール様なら私とお茶をすることすら嫌《いや》がっていたのだ。

お茶に誘《さそ》うのはいつも私で、誘われたのは今日がはじめてである。

元婚約者だが、弟が少しだけ大人になったような気持ちになるのはなんなのだろうか？

私は出されたお茶を口にした。

はっきり言って、本当に美味しかった。

「どうだ、美味《うま》いだろ！」

「はい。とっても」

胸を張って自慢げなラモール様。

「茶葉も僕が育てているからな。美味いに決まっている」

本当に人は見かけによらない。

まさか、ラモール様にこんな才能があるなんて婚約破棄《はき》されてみるものだ。

「茶葉の買い取りも検討いたしますわ」

「では、畑を広げてやろう」

ちゃんと仕事の話をできていることに感動する。

それもこれもバナッシュさんのお陰《かげ》。

本当にバナッシュさんは素晴らしい。

「蜂蜜もあるぞ。お茶に入れるとさらに美味しくなるぞ」

出された蜂蜜は琥珀《こはく》色でキラキラと輝《かがや》いて見えた。

「なんだか美しい蜂蜜ですわね」

思わず呟けば、ラモール様は驚いた顔をした。

「解るのか？」

「何か違うのですか？」

私が聞けばラモール様は自慢げに言った。

「特別な蜂からしかとれない蜂蜜だ」

どこかで聞いた話である。

「まさか、魔獣ですか？」

「何故《なぜ》解った？」

不満そうなラモール様だったが、私からしたら朗報だ。

「ちょっと縁《えん》がありまして。それより、この蜂蜜は量産可能でしょうか？」

駄目《だめ》元で聞いてみればやはり難しい顔で腕《うで》を組んで悩《なや》み出してしまった。

「量産は難しいと思う。だが、大量でなければ一定量を供給することはできるかもしれない」

曖昧《あいまい》だが確実にお金になる話だ。

「では、供給できる分だけでいいので買い取らせていただきますわ」

「蜂は育てたことはないが、数を増やせたらまた自慢してやってもいいぞ！」

「それは楽しみですわ！」

私が素直《すなお》に喜ぶと、ラモール様は私を睨《にら》んで言った。

「僕はお前が嫌いだ」

突然《とつぜん》の言葉に、後ろの護衛が怖《こわ》くて振《ふ》り返《かえ》ることができない。

「存じております」

その言葉しか出てこなかった。

「だが、お前は僕の愛するジュリーの親友だからな。愛するジュリーのために、お前と仲良くしてやらないこともない」

バナッシュさんが私を親友だと思ってくれていることが解って、少なからず嬉《うれ》しくなってしまったのは、言うまでもない。

その日、元婚約者と今までで一番充実《じゅうじつ》した時間を送ることができた。

帰り道、馬車に揺《ゆ》られながら、今回契約《けいやく》できそうな商品のことを考えていた私に護衛のバリガがポツリと言った。

「ユリアス様が許してくださるなら、やつを斬《き》りつけてまいります」

物騒《ぶっそう》だ。

「やつとはどなたのことでしょう?」

いや、解っているがとぼけておく。

「ユリアス様も解ってらっしゃるのでしょう? バリガが言わなければ、僕が戻《もど》って殺《や》ってますよ」

いつも常識的なルチャルまで物騒である。

「二人が怒ってくれるのは嬉しいのだけど、ラモール様と一緒《いっしょ》にお茶ができて私は嬉しかったですわ」

調教……ではなくて教育って素晴らしい。

私ではあのポンコツをあそこまで仕事のできる人間にするのは不可能だった。

それをバナッシュさんはやってのけたのだ。

真実の愛とは素晴らしい。

そんなことを考えているなんて知らない護衛二人が変な勘違《かんちが》いをしていることを、その時の私は知る由《よし》もなかった。


数日後、殿下が神妙《しんみょう》な面持《おもも》ちでやってきた。

滅多《めった》に見せない何か言いづらそうな雰囲気。

なんだろう?

私は応接室に殿下を連れていき向かい合わせに座《すわ》った。

私が首を傾げると、殿下はゆっくりと言った。

「ラモールに会ったらしいな」

「はい。それが何か？」

殿下の顔色が悪い。

「ラモールはどうだった。元気だったか？」

「そうですわね。私のお願いした仕事以上の成果を出し、少し日に焼けて健康的な感じになっていましたわ」

私の返しに、殿下は頭を抱《かか》えた。

「……一つ聞いてもいいだろうか？」

「はい。なんでしょう？」

しばらくの沈黙《ちんもく》の後、殿下がポツリと言った。

「好きな男性のタイプは？」

なんとも変な質問である。

殿下がタイプだと言うのは、さすがに恥ずかしい。

「強《し》いて言うなら、仕事のできる人ですわね」

殿下のよさはそれ以外にもたくさんある。

だが、どれか一つを挙げるとしたら、これだろうか？

「ほ、他には？」

他？

「ええっと、ちょっと不憫《ふびん》なところが可愛い人とかでしょうか？」

一つ一つ殿下の好きなところを言わされているみたいですごく恥ずかしい。

「ふ、不憫……それは、馬鹿《ばか》で偉そうで金髪《きんぱつ》でデコッパチなやつだろうか？」

私は首を傾げた。

「それって、ラモール様でしょうか？」

この人は何を勘違いしているのだろう？

あの人には最初から好きだなんて感情持ち合わせていないのに。

それなのに、目の前の愛しい人は、元婚約者を私が好きになってしまったんじゃないかと顔色が青くなるほど心配しているのだ。

「馬鹿なのですか？」

思わず口から言葉が漏《も》れた。

馬鹿な子ほど可愛いとはこのことだろうか？

馬鹿げた勘違いをしているのは、私のことを好きだからだと言ってくれているようなものだ。

「ば、馬鹿だと自分でも解っている……だが、君の護衛達の報告によれば、ラモールに会いに行った帰りの馬車の中でラモールのことを愛しそうに語っていたと聞いた」

愛しそうに？

「あんな偉そうな態度をとられてもニコニコ話を聞いていられるのは、愛しい相手だからじゃないかと報告が来ている」

レポートのようにまとめられた報告書を見せられ。

ラモール様の発言を一言一句間違えることなく書き出している内容は、二人には護衛騎《き》士《し》よりも書記官か秘書の仕事の方が向いているんじゃないのかと思うほどのレポート能力である。

だって、メモなどもしていなかったのだから。

「護衛二人の勘違いですわ」

「だが」

「だって、昔のラモール様に比べたらだいぶお優《やさ》しい言葉ばかりでしたわ」

「……」

そうそう、昔だったら偉そうな上に罵倒《ばとう》のようなことも言われていた。

だから、愛しくなくてもニコニコ笑って聞いていられただけの話だ。

まあ、どんなにムカついていても笑顔でいられる自信もあるのだが。

「……好きなのか？」

殿下の消え入りそうな声が微《かす》かに聞こえた。

「好きですわ」

殿下が可愛くて私も呟いてしまった。

あ、この言葉は勘違いされる。

そう思った瞬間《しゅんかん》、殿下の顔が絶望に変わる。

「好きですわ！　殿下のことが。つまらない勘違いで一喜一憂《いっきいちゆう》する殿下が可愛くて仕方ありません」

そんな顔をさせたかったわけじゃないと早く伝えたくて叫《さけ》べば、殿下は喜んでいいのか悲しんでいいのかわからない複雑そうな顔をした。

それは、仕方がないと私も思う。

「すみません。可愛いなんて嬉しくないですわよね」

私は殿下の隣《となり》に座り直すと殿下の手をギュッと握《にぎ》った。

「ちゃんと伝えますわね。ラモール様を愛しく思ったことなど微塵《みじん》もないとは言いません」

「はぁ？」

「弟が大人になったような、そんな感じの愛しさといいますか……殿下に対する愛しいとは全然違うものですわ」

これで少しは伝わっただろうか？

そう思って殿下を見ればなんだか不思議そうな顔である。

「ラモールが弟？」

「反抗期《はんこう》の弟がちょっとだけ大人になった感じがして、バナッシュさんの存在の素晴らしさに感動しましたの」

「そっちか」

安心したような殿下に私も思わず口元がゆるんでしまう。

「何笑ってるんだ？」

不満げな殿下に私はさらにクスクス笑ってしまった。

「自分でも心配しすぎだと解っている」

拗《す》ねたように私から視線をそらす殿下が可愛い。

「殿下が私と同じように、不安になったり心配してくれることが嬉しくて。殿下の好きも、私の好きと一緒なのだと安心しましたわ」

私がそう言って笑えば殿下にそのまま手を引かれ、抱《だ》きしめられた。

「可愛すぎるのも大概《たいがい》にしてくれ」

私は殿下の背中に手をまわし抱きしめ返した。

「そのまま、同じ言葉をプレゼントいたしますわ」

愛しい人と気持ちが通じ合うって本当に幸せなことだ。

殿下が私を愛しげに見ているのに気づき、キスを予感する。

だが、応接室の入り口のドアがノックされた。

「やっぱりか」

なんとも残念そうな殿下を残し、ドアを開けてみる。

そこには、執事《しつじ》長のバルガスがお茶とお菓子の載ったワゴンとともに待っていた。

「お茶をお持ちしました」

「ありがとう」

私が直《じか》にお礼を言うとバルガスはニッコリ笑顔で言った。

「旦那《だんな》様がもう直ぐ戻ってらっしゃいますので、ほどほどに」

うちの執事は優秀《ゆうしゅう》だ。

優秀すぎて困る。

家でイチャイチャするのはやめようと決めたのだった。

# 私の夢は……◆マチルダ目線

私はバンシーという精霊《せいれい》の血を引く一族に生まれた。

バンシーは主《あるじ》の未来を予言する精霊として知られている。

そのせいか、私にも先を夢に見ることがある。

例えば、王妃《おうひ》様の侍女《じじょ》になるとか、子どもを産んで王妃様のお子様である王子の乳母《うば》をするとか。

まさか、息子《むすこ》のために全てを捨ててユリアス・ノッガーお嬢様《じょうさま》のところで小説家になるとは夢にも思わなかった。

息子は王子と仲が良く、彼の従者になるのだと信じて疑いもしなかった。

息子が他の従者候補の子ども達にいじめられているなんて、夢を見るまで私も旦那《だんな》様もその事実に気づきもしなかったのだ。

私が聞いても笑って耐《た》える息子を助けたのは、私ではなくお嬢様だった。

だからこそ、息子のために私はお嬢様のところで小説を書くことにした。

今でもあの選択《せんたく》は間違《まちが》っていなかったと思っている。

決して、旦那様がウザいから離《はな》れて暮らしたかったとかではない。

小説が爆発《ばくはつ》的に売れ、お嬢様にも小説家として認められ、息子もお嬢様の店の従業員としてやっとマシになった頃《ころ》、お嬢様が婚約破棄《こんやくはき》をするために動き出した。

ラモール・キュリオン侯爵《こうしやく》子息はお嬢様が結婚《けっこん》するには力不足な男で、マイガーもお嬢様が本当に嫌《いや》だというなら邪魔《じゃま》する気でいた。

でも、お嬢様は婚約をやめる気はないようだった。

本人が望んでいないなら、私達が邪魔することはできない。

息子も半ば諦《あきら》めていた。

そこに現れたのが、私のもう一人の息子の王子だった。

私の書いた小説の通りに王子の彼女に収まろうとした女から王子を守るため、お嬢様は頑張《がんば》った。

頑張っていたからこそ、王様にも王妃様にも気に入られてしまうって夢で見た。

案の定そうなったし、王子も徐々《じょじょ》にお嬢様に惹《ひ》かれていった。

そして、二人は婚約することになった。

それを、楽しそうに見つめる息子を見て、お嬢様に恋《こい》をしていたわけじゃないのだと気づいた。

息子にも早くいい人ができればいいなって思っていた。

だから、予想もしていなかった。

お婆《ばあ》さんに恋をするなんて。

息子はずっと前から、お菓子《かし》をくれて相談にのってくれる、養護施設《ようごしせつ》に薬を届けるお婆さんのことが好きだったのだ。

夢で見た時は唖然《あぜん》とした。

お婆さんは自分を孫としか見ていないから、最後に看取《みと》れたら嬉《うれ》しい。

そんな考えでずっといた息子を変えてしまったのは、やはりお嬢様だった。

人間嫌《ぎら》いのドラゴンがそのお婆さんだとお嬢様が連れてきた。

ドラゴンだからこそ姿が変えられるし、お婆さんの姿じゃないバネッテ様は本当に妖艶《ようえん》な美人である。

あ、これ見たらマイガーが嫉妬《しっと》するかもと思った。

案の定、マイガーは嫉妬した。

父親のように。

夢で見た息子に飛び起き頭を抱《かか》えたのは仕方がないと思う。

オブラートにガチガチにくるんで言っても、私の旦那様であるこの国の宰相《さいしょう》は変態だ。

恋人になったら外堀《そとぼり》は高速で埋《う》めて直《す》ぐ結婚しようとするし、嫉妬も半端《はんぱ》ない。

国王にだって容赦《ようしゃ》がない。最終的に私が監禁《かんきん》されそうになって、この人に嫉妬されないように早く結婚してしまおうと思った。

そんな旦那様と息子が一緒《いっしょ》だと？

絶望で二度寝《ね》してやろうかとも思ったが、二度寝して夢を見るのは流石《さすが》に怖《こわ》い。

何より、私は経験者だ。

大したアドバイスはできないが、バネッテ様を少しでも守らなくては。

私に王妃様がいたように。

まあ、恋人だから愛はある。

私だって、変態だけど旦那様が好きだ。

だから、バネッテ様も過剰《かじょう》な愛情だと諦めてイチャイチャしてくれればいい。

イチャイチャしていれば安心だろう。

後は、王子も私の可愛《かわい》い息子だから、巻《ま》き込《こ》まれないように注意すればいい。

次の日の夢で嫉妬で顔色の悪い王子の姿を見たが、王子は不憫《ふびん》属性で相手はお嬢様だから大丈夫《だいじょうぶ》だと変な安心感を覚えたのは、誰《だれ》にも言うつもりはない。

# 未来の子ども

バネッテ様が今日避難《ひなん》したのは王妃《おうひ》様の自室だ。

理由はマチルダさんがお茶に誘《さそ》われてここに来ていたからだ。

勿論《もちろん》、私もそのお茶会に呼ばれた一人だ。

今日はマイガーさんの非番の日だからバネッテ様は若い姿でデートの予定だったはずなのだが、またしても身の危険を感じたのか、お茶会に参加している。

今日のお茶会は王妃様とマチルダさんと私とバネッテ様の四人である。

「マチルダもよく宰相《さいしょう》から逃《に》げて私の部屋に来たのよ」

王妃様にそう言われて、マチルダさんは遠くを見つめながらお茶を飲んでいた。

「宰相閣下が国王陛下の骨を何本か折ったのだと噂《うわさ》で聞きましたが、本当ですか？」

私が疑問に思っていた都市伝説を聞けば、王妃様はクスクスと笑った。

「あれは、陛下が面白《おもしろ》がって宰相が勘違《かんちが》いするような言い方をしたから自業自得《じごうじとく》なのよ」

それは本当に折ったってことでいいのか。

王妃様は笑っているが、マチルダさんはぐったりしている。

「だから、ルドニークにはマイガーをからかっちゃダメよって言ってあるわ」

殿下《でんか》がマイガーさんをからかうのは、あまり想像ができない。

マチルダさんは、出されたお茶請《ちゃう》けのクッキーを食べて王妃様と目を合わせないようにしている。

「マー坊《ぼう》はどうにかならないのかい？」

バネッテ様のため息混じりの声に、マチルダさんは窓の外に視線を移した。

「どうにかできるなら、私も教えてほしい」

マチルダさんの呟《つぶや》きは、聞こえなかったことにした。

「じゃあ、マチルダさんはどうやって宰相閣下の暴走を止めたのですか？」

素朴《そぼく》な疑問を投げかけたつもりだったが、王妃様が噴《ふ》き出《だ》した。

そんなに面白い方法なのか？

「諦《あきら》めただけです」

私とバネッテ様は首を傾《かし》げた。

「諦めたって何を？」

マチルダさんはフーっと息をついた。

「何もかもです」

何もかもを諦めるって……。

啞然《あぜん》とする私とバネッテ様。

「どうにかなるんじゃないかと思っていること全部諦めて、結婚《けっこん》しました」

王妃様が楽しそうにアハハハっと声を出して笑った。

「一番の解決策が結婚とか、女性として間違ってる気持ちもありますけど、周りに迷惑《めいわく》かけずに旦那《だんな》様を安心させるのは結婚しかなかったんです！」

自棄《やけ》になったように叫《さけ》ぶマチルダさんを見て、王妃様がお腹《なか》を抱《かか》えて笑っている。

仲良しだからできることだと思う。

「その、お陰《かげ》でマチルダに乳母《うば》をしてもらえたのだけどね」

笑いすぎて、目に涙《なみだ》を浮《う》かべた王妃様をマチルダさんが恨《うら》めしそうに見ていた。

「そうだ、あの子達のアルバム見る？」

そう言って王妃様が奥《おく》から持ってきた大量のアルバムをみんなで見ることになった。

聖母のように、二人の子どもを抱《だ》きしめるマチルダさんは本当に美しく見えるし、悪戯《いたずら》が見つかったのかマチルダさんに怒《おこ》られる小さな殿下とマイガーさんは可愛《かわい》い。

隣《となり》で同じように写真を見ているバネッテ様は目をキラキラさせてうっとりしている。

「バネッテ様は子どもが大好きですよね？」

「純粋《じゅんすい》で可愛いからね～」

私も嫌《きら》いではないが、バネッテ様には負けると思う。

それにしても、子どもの頃《ころ》から殿下はなんだか凜々《りり》しく見えるのは、私が殿下を好きだからかもしれない。

「は〜可愛いね〜」

バネッテ様はじっくり写真を眺《なが》めて、王妃様とあの時はこうだったああだったと思い出話をしている。

幸せな時間だ。

私がしみじみ写真を見ていると、王妃様が言った。

「本当にルドニークはこの頃は可愛かったわ」

「殿下は今でも可愛いですわ」

思わず口から出た言葉に手で口を押《お》さえた。

「あら〜あの子も愛する人の前では可愛いのかしら？」

まずい、王妃様にからかわれてしまう。

どう切り返したものかと思った瞬間《しゅんかん》、マチルダさんがニヤリと笑った。

「あの子も〜ってことは陛下も〜王妃様の前では可愛いのですね〜」

「ちょっと、マチルダ」

可愛く口を尖《とが》らせる王妃様はまるで学生のような初々《ういうい》しさを感じさせた。

「お二人は本当に仲良しなんですのね」

私が言った言葉にマチルダさんはニコっと笑った。

「羨《うらや》ましいですか？」

「とっても」

そう返せば、マチルダさんは慈愛《じあい》に満ちた顔をした。

「お嬢様《じょうさま》には馬鹿弟子《ばかでし》もバネッテ様もいるじゃないですか」

バナッシュさんとバネッテ様。

言われてみれば、二人とも親友と言っていいかもしれない。

「それに、その二人どっちも直《す》ぐに結婚しそうだし、いずれ乳母を頼《たの》めばいいじゃないですか？」

マチルダさんの言葉は私にとって革命的な台詞《せりふ》だった。

「それってとっても素敵《すてき》！　ユリアスもそう思うでしょう」

マチルダさんと王妃様の言葉に、私が感動して頷《うなず》きかけた横で、慌《あわ》てたようにバネッテ様が言った。

「お嬢さん、あんた騙《だま》されてるよ」

「へ？」

バネッテ様は呆《あき》れたように息をついた。

「そこの二人は早く孫の顔が見たいだけのお婆《ばあ》ちゃんって、ことさね」

王妃様とマチルダさんが私から視線をそらした。

騙されて頷くところだった。

「あとちょっとだったのに」

王妃様が残念そうに言った。

本当に危なかった。

「まあ、マイガーに頑張《がんば》ってもらってさっさと結婚させてしまえば、まだ可能性はあります」

マチルダさんが獲物《えもの》を狙《ねら》う獣《けもの》の目でバネッテ様を見ている。

「その顔、マー坊にそっくりだよ」

「親子ですから」

マチルダさんはバネッテ様の味方とは限らないのかもしれないと本気でその時思った。

「それに、マイガーの小さい頃の姿を見ていれば、バネッテ様も自分の子どもが欲《ほ》しくなると思います。だって、他人の家の子どもですら可愛くなってしまうバネッテ様ですもの、自分の子どもがそれ以上に可愛いってことに直ぐに気づきますから！」

バネッテ様はアルバムを抱きしめてフンと鼻を鳴らした。

「そんな手には乗らないよ！」

「マイガー似の子どもにママ～って呼ばれたくないですか？」

バネッテ様は悔《くや》しそうに息を呑《の》み、アルバムとマチルダさんを交互《こうご》に見ている。

「大丈夫《だいじょうぶ》ですよ。お嬢様も同じ頃に可愛いお子様を産んでくれますから苦楽をともにできますよ。私と王妃様のように」

言い知れぬ迫力《はくりょく》を感じる。

助けを求めるように私を見るバネッテ様。

私がその二人に勝てるとでも？

かといってバネッテ様がマチルダさんに流されたら私の味方も存在しなくなってしまう。

「マチルダさん、この件は検討いたしますわ」

「是非《ぜひ》前向きにお願いしますね」

私が話を終わらせようとしていると部屋にノックの音が響《ひび》いた。

「誰《だれ》かしら？」

王妃様が首を傾げれば、バネッテ様がオロオロし出す。

まだ、マイガーさんだとは決まっていないのに。

「私が見てきますね」

マチルダさんが滑るようにドアの前に移動した。

流石《さすが》、元王妃様の侍女《じじょ》である。

「どちら様でしょう？」

「ルドニークです」

殿下の声に安心した顔のバネッテ様が可愛らしい。

「どうぞ、入って」

王妃様の声にドアが開く。

と、同時に入ってきたのはマイガーさんだった。

驚《おどろ》いたバネッテ様の声にならない悲鳴が聞こえるようだ。

「やっぱりここにいた！」

マイガーさんの後ろから殿下がぐったりした顔で入ってきたのが見え、漠然《ばくぜん》と大変だったのだな～と、思ってしまった。

マイガーさんは躊躇《ためら》うことなくバネッテ様を抱きしめて頰《ほお》を膨《ふく》らます。

「デートするって言ったよね？」

「い、言った」

「じゃあ、なんで逃げんのさ？」

不満そうなマイガーさんから視線をそらすバネッテ様の顔は真っ赤だ。

「スキンシップが多すぎるんだよ！」

消えそうな声をマイガーさんはちゃんと聞き取る。

「スキンシップしないと、婆ちゃんは慣れないでしょ？」

バネッテ様は私に助けを求めるようにこちらを見ている。

どうやって助ければいいか考えようとした瞬間、殿下に手を引かれた？

何事かと思って殿下を見る。

「君は俺とデートだ」

「は？」

思わず間抜《まぬ》けな声が漏《も》れた。

「お茶会の邪魔《じゃま》をして申し訳ありません。ですが、ユリアスを連れていくことをお許しください」

殿下が頭を下げると王妃様とマチルダさんはニコニコしながら私達に手を振《ふ》った。

「いいのよ〜二人とも仲良くね」

「デート楽しんで〜」

王妃様もマチルダさんも殿下とマイガーさんを止める気ゼロだ。

殿下に引きずられるように王妃様の自室から出て、私は我に返った。

「殿下、今日の私の予定は王妃様とのお茶会ですわ」

快く送り出されてはいるが、王族との予定を簡単に変えるのはどうなのだ？

「許可はもらった」

殿下は私の手を引いたまま歩く。

「そうですが……」

私が言《い》い淀《よど》むと殿下は足を止めた。

「俺と二人きりになるのは嫌《いや》か？」

「そういうわけでは」

「なら、少しぐらい君を独《ひと》り占《じ》めさせてくれ」

そう言って、殿下は私を城の最上階まで連れていった。

デートと言っているのに城の中なのかと疑問に思ったが、言わないでおいた。

風は強いが、街を一望できる綺麗《きれい》な場所だ。

綺麗ですねと言おうと思った時には殿下に抱きしめられていてびっくりした。

「ここなら誰も来ない」

殿下の呟きが耳をくすぐる。

「君を独り占めするには誰も人のいないところじゃないと駄目《だめ》だ」

「そんなこと」

「ある。街を歩けば皆《みな》君に声をかける。俺の執務室《しつむしつ》も君の家も必ず邪魔が入る。君は常に人に囲まれて独り占めできてる気がしない」

殿下がそんなふうに考えていたなんて思いもしなかった。

私は殿下の背中に手をまわした。

「ですが、独り占めしていい権利があるのは殿下だけですわ」

私だって、殿下を独り占めしたいと思っている。

殿下だって忙《いそが》しくてデートする時間を作るのが大変だし、立場的な問題や容姿から人の注目を集めてしまう。こうして二人きりになるのが大変なのもお互《たが》い様である。

「次、いつ二人きりになれるか解《わか》らないからな、君を充電《じゅうでん》させてくれ」

そう言って殿下は私にキスをした。

幸せな気持ちが広がる。

キスが終わり、お互いの額を合わせて見つめ合っていると、下の方からバネッテ様の叫《さけ》び声《ごえ》が聞こえた。

「触《さわ》るの禁止だ！」

「絶対嫌だ！」

さっきまでの幸せそうな顔をぐったりした顔に変え、殿下は城の下を覗《のぞ》き込《こ》んだ。

「あいつは、何をやってるんだ」

「愛情表現は人それぞれですわ」

私がそう言うのとほぼ同時に、羽の生えたバネッテ様が私のところまで飛んできて私を抱きしめた。

「バネッテ様、彼女は今俺との時間なので、マイガーのところにお戻《もど》りください」

殿下がげんなりしてそう言えば、涙目《なみだめ》のバネッテ様がショックを隠《かく》せない顔をした。

「俺にとっては本当に貴重な二人きりの時間なんですよ」

「そんなこと言うんじゃないよ！　あれはあんたのお兄ちゃんだろ！　なんとかしておくれよ！」

殿下とバネッテ様が睨《にら》み合《あ》う。

「では、それ相応の対価があればお助けいたしますわ」

私の言葉に、バネッテ様は真剣《しんけん》に返してきた。

「あんたら二人の子どもに加護をやるんでも飴《あめ》のレシピでもなんでもあげるよ」

「殿下、今の言葉を忘れませんように」

言質《げんち》はとった。

解決法は結婚するしかないとマチルダさんも言っていたし、すぐにでも二人を結婚させてしまおう。

それに、私と殿下もさっさと結婚してしまえば、二人きりになるのなんてたやすいのではないか？

「では、どうにかできるように作戦を練りますので、今日は我慢《がまん》してマイガーさんとデートを楽しんでくださいませ」

「今直ぐ助けてほしいんだよ私は」

「解っています。ですが、直ぐにどうにかできるならすでに助けて差し上げていますわ。それができないからこそ、作戦を練らなければ」

「そ、そうだね」

バネッテ様が納得《なっとく》する中、マイガーさんが追いついた。

「お嬢ズルイ！　婆ちゃん返して！」

走ってきたのが明白な、ゼーハー息をするマイガーさんに私は言った。

「マイガーさん、バネッテ様は照れ屋さんなので人前では手を繋《つな》ぐだけにしてあげてください。二人きりになってからスキンシップを始めなくては、バネッテ様じゃなくても逃《に》げ出《だ》したくなりますから」

「えー」

不満そうなマイガーさんに私はニッコリ笑って見せた。

「あまりにバネッテ様を追い詰《おっ》めるようであれば、デートができないぐらい仕事をギッチギチに詰め込んで差し上げてもいいんですのよ」

マイガーさんは不満そうな顔をしたが、バネッテ様に手を差し出して言った。

「婆ちゃんとデートできないのは嫌だから、ちょっとだけ我慢する。でも手、離《はな》したらダメだかんね！」

マイガーさんの差し出す手におずおずと手を伸《の》ばすバネッテ様。

その手をギュッと握《にぎ》るとマイガーさんは幸せそうに笑った。

二人が仲良く手を繋いで帰っていくのを見ながら私は殿下の腕《うで》にしがみついた。

「作戦会議を行いますわ」

「俺とのデートは？」

ショックを隠せない顔の殿下に私は笑顔《えがお》を向けた。

「あの二人の外堀《そとぼり》を埋《う》めて、さっさと結婚していただくのです」

「何が悲しくて人の恋路《こいじ》の手助けをしなくちゃならん？」

「バネッテ様は子どもが大好きなので、私達の乳母になってもらうことにしました。よってマイガーさんと結婚してもらわなければ困ります。私と殿下が早く結婚して子どもができるためにも」

私の言葉を聞いた殿下は顔を赤くして、口元を手で覆《おお》った。

「作戦会議してくださいますか？」

「……解った」

こうして、私と殿下はマイガーさんとバネッテ様を結婚させるための作戦会議を始めたのだった。

END

# あとがき

この度《たび》は『勿論《もちろん》、慰謝料請求《いしやりようせいきゆう》いたします！4』を読んでくださりありがとうございます。

ｓｏｙと申します。

四巻が出せることができたのは、読んでくださる皆様がいるからです。

今回はドラゴンの話を書きたいと思ったのと、マイガーさんを幸せにしたい願望をメインに書かせていただきました！

毎回ですが、イラストを描いてくださるｍ／ｇ様も私に活力をもたらしてくれています。

最後に、刊行にあたり本作に関わってくださった沢山の方々に厚く御礼申し上げます。

そして、ここまで読んでくださった皆様も本当にありがとうございます。

また、お会いできる日を待ち望んで失礼させていただきます。

ｓｏｙ

# 番外編　ドラゴンとは

国王陛下に加護を与《あた》えたドラゴンであるハイス様は、サラマンダーと呼ばれる炎《ほのお》を操《あやつ》るドラゴンである。

口から炎を吐《は》くため、物語の中で恐《おそ》ろしく描《えが》かれることの多いドラゴンの代表である。

殿下《でんか》に会いに来たはずが、何故《なぜ》か王妃様《おうひさま》とリーレン様に捕《つか》まり、始まったお茶会で王妃様は懐《なつ》かしむように話してくれた。

「私もはじめてハイス様とお会いした時は、恐ろしさに失神してしまったものだわ」

王妃様はそう言って笑う。

「あの頃《ころ》の王妃ちゃんはいつもプルプル震《ふる》えてて直《す》ぐ失神してたわね〜。ユリちゃんは私達が怖《こわ》くないみたいだけど」

リーレン様もクスクス笑っているが、私は首を傾《かし》げるばかりだ。

「ハイス様もリーレン様も恐ろしいと思ったことはないです。美しいと思う方が先でしたので」

「お世辞でも嬉《うれ》しいわ〜」

リーレン様が頬《ほお》をピンクに染めた。

本当にリーレン様は可愛《かわい》らしい。

そんな話をしている中、ノックの音が部屋に響《ひび》いた。

「誰《だれ》かしら？」

入ってきたのは、殿下とハイス様だった。

「母上もリーレン様もユリアスを勝手に連れ去るのはやめてくださいませんか？」

呆《あき》れ顔《がお》の殿下に、王妃様もリーレン様も悪びれない笑顔《えがお》を作る。

「あら、義理の娘《むすめ》との交流がいけないことなのかしら？」

王妃様の言葉に殿下はグッと息を呑《の》む。

「ハイスを一人にしちゃってごめんなさい！　でもね、ユリちゃんが私達を何故怖がらないのか気になっちゃって」

リーレン様がニコニコしながらハイス様の腕《うで》にしがみついて言えば、ハイス様は私に視線をうつした。

「そう言えばそうだな、お前は何故我らを怖がらない？」

「美しいからですわ」

私が即答《そくとう》すれば、ハイス様はムッとした顔をした。

「ドラゴンの姿など、お前ら人間には醜《みにく》く見えるだろう」

私が首を傾げていると、ハイス様は突然《とつぜん》、私を肩《かた》に担《かつ》ぎ上《あ》げた。

その場にいるハイス様以外の全員が、何が起きたのか解《わか》らなかったと思う。

私も例外ではない。

ハイス様は無言で私を担《かつ》いだまま、王宮の中庭まで運んでくると、私の目の前でドラゴンの姿になって見せた。

「これでも恐ろしくないと言えるか？」

赤く輝《かがや》く鱗《うろこ》に金色の瞳《ひとみ》、大きな口からは小さく炎が漏《も》れ出ている。

ああ、なんて美しいのだろうか。

あの鱗一枚だけでも何百枚もの金貨になることは間違《まちが》いない。

なんなら、一度見るだけで見学料すらとれそうである。

存在だけでお金になりそうなハイス様のドラゴン姿を見て、私の口元は思わずゆるんでしまった。

「ハイス、ユリちゃん全然怖がってないわよ～。諦《あきら》めたらどう？」

リーレン様の声にハイス様は人型に戻《もど》ると、今度はリーレン様を抱《かか》え上《あ》げた。

「ハイス？　どうしたの？」

ハイス様は顔色が悪く、逃《に》げるように私から距離《きょり》をとる。

「あんなにか弱い見た目の人間なのに、あれは何故捕食者《ほしょくしゃ》の目で俺《おれ》を見るんだ⁉　しかもドラゴンの姿でいる時の方が数倍、捕食されそうな目で見ていたぞ！」

失礼な。私は捕食者の目なんかした覚えはない。

「ユリアス、守護竜様を商売道具にしようとか思ってないだろうな？」

後からやってきた殿下が呆れ切った顔をした。

「そんなこと思っていませんわ！」

殿下は疑いの眼差《まなざ》しでじっと見つめてくる。

「……ちょっと、美しい鱗一枚が金貨何百枚になるのか考えてしまっただけです」

「……」

その後、殿下にこっ酷《ぴど》く叱《しか》られハイス様に謝罪をしたのは言うまでもない。

✢— ハイス —✢

✢— リーレン —✢

✢— バネッテ —✢

■ご意見、ご感想をお寄せください。
《ファンレターの宛先》
〒102-8177 東京都千代田区富士見2-13-3
株式会社KADOKAWA ビーズログ文庫編集部
soy 先生・m/g 先生

●お問い合わせ（エンターブレイン ブランド）
https://www.kadokawa.co.jp/（「お問い合わせ」へお進みください）
※内容によっては、お答えできない場合があります。
※サポートは日本国内のみとさせていただきます。
※Japanese text only

ビーズログ文庫

# 勿《もち》論《ろん》、慰《い》謝《しや》料《りよう》請《せい》求《きゆう》いたします！ 4

soy《そい》

2020年6月15日 初版発行

発行者　三坂泰二
発行　株式会社 KADOKAWA
〒102-8177 東京都千代田区富士見2-13-3
（ナビダイヤル）0570-060-555
デザイン　世古口敦志＋前川絵莉子（coil）
印刷所　凸版印刷株式会社
製本所　凸版印刷株式会社



ISBN978-4-04-736096-9 C0193


定価はカバーに表示してあります。

◇◇◇